阿嬤的祕密抽屜
余敏維◎著
Touched◎封面
與世隔絕的桃源村內，除了珍貴的桃樹外，還有一個古怪的高齡獨居阿
阿嬤有一位從來沒見過面的孫女，她因為阿嬤的古怪，自小被眾人排擠
她關閉了自己的心房，但一位外來的轉學生卻徹底打亂了她生活的步
也在不知不覺中影響了她的生活。

人物介紹

阿嬤

八十五歲，獨居，自年輕時就和村內的人沒有頻繁的往來。性格古怪，是全村民敬而遠之的對象。村民將阿嬤居住的屋子謔稱作鬼屋，但村內的孩子們還是熱衷於潛入「鬼屋」內尋寶，目的是查明屋內一個被鎖死的抽屜，究竟藏有什麼祕密。

曉夜

十四歲，阿嬤的孫女，習慣獨來獨往。她留有一頭過腰的長髮，時常一身黑的穿著打扮加上蒼白的膚色給人陰沉可怕的印象。因為阿嬤的關係，自小便被村裡的人惡意排擠，她因此封閉了自己的心房，也因此十分痛恨阿嬤。

知日

和曉夜同年，國一時搬入桃源村，並轉入曉夜的班級就讀的男孩。酷似混血兒的帥氣外表和活潑陽光、熱心助人的個性為他贏得好人緣，個性和曉夜呈完全的反比。明明是校園風雲人物，卻不知道為什麼十分喜歡纏著被眾人排擠的曉夜。

道臨

四十歲，突然出現在桃源村的登山客。據說是來自都市的家具師傅，在一次與友人一起的登山活動中誤闖了桃源村。因為受了傷，因此在桃源村調養了一年。好像非常喜歡桃源村裡的桃樹。

嬸婆

四十八歲，曾經在爺爺開設的小店裡幫忙的寡婦。喜八卦、愛造謠，是村內的流言擴音器。雖然愛嚼舌根，但本性不壞。念在爺爺過去的恩情，即使在眾人棄阿嬤於不顧之時，她仍會多少默默的照顧阿嬤。

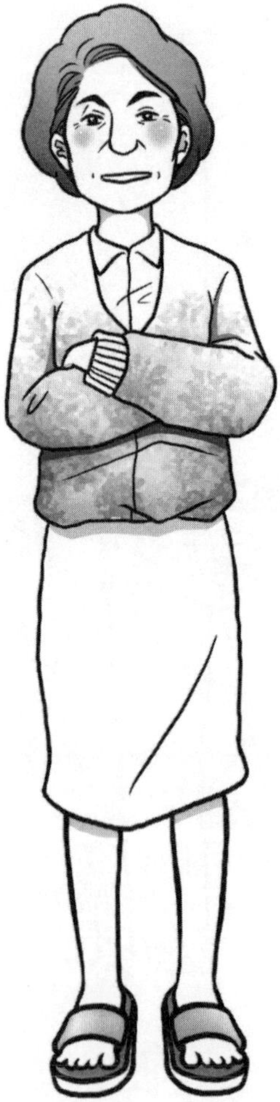

目次

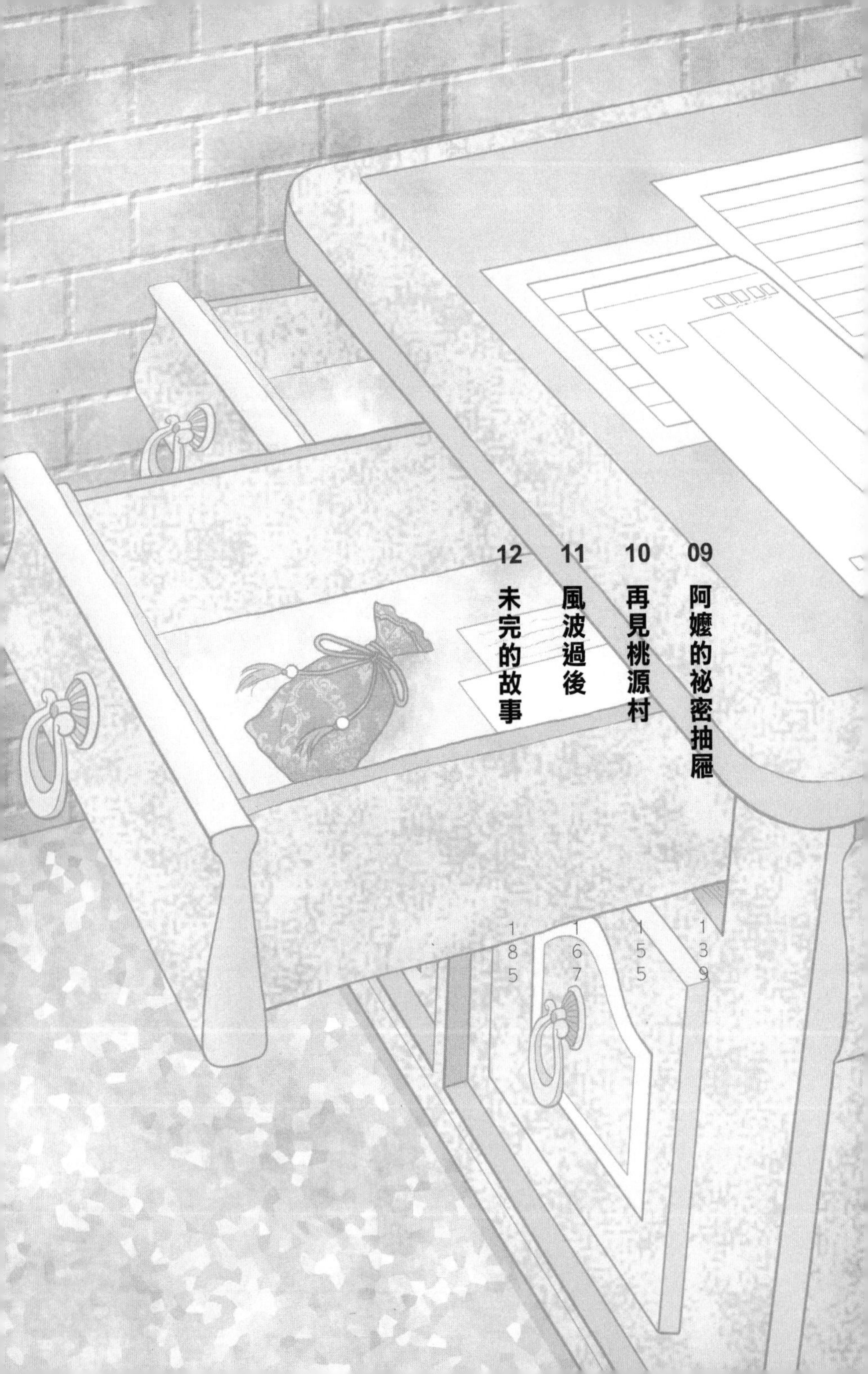

第一章 桃源村

一名男孩興奮的跑向桃樹林中央的一棵桃樹，他望著桃紅色的花與淡粉色的花苞，開心的笑著。

「阿祖，我回來了！」對著桃樹下一塊像是墓碑的淡粉色石塊，男孩輕語。

「媽——妳快點啊！」看著距離遠到幾乎只能看見一塊影子的人影，男孩將手圈在嘴邊，大喊。

只見那人影晃了晃手，隨後稍稍加快腳步——但仍是過了一小段時間才終於走到男孩身邊。

女人在碑前放下手中的花，並在桃樹邊燃起一支線香。

「阿嬤，我回來了。」女人淡淡的笑著，輕輕撥去碑上的塵土與幾片飄落的桃花瓣。

「媽媽，阿祖以前一定是個很好的人，對吧？」男孩不知道在什麼時候已經爬上桃樹，他坐在一根粗壯的樹枝上，晃著雙腳，嘴角漾著天真與調皮交織

而成的笑。

「為什麼你會這麼想？」

女人聽見男孩的問題，頓了一下，抬頭以些許疑惑的眼神望著自己的兒子。

「因為妳明明容易暈車，卻每年都堅持搭好幾個小時的車回來看阿祖。還有啊！這裡的桃花每年都開得好漂亮，我覺得一定是阿祖守著我們和這裡，妳才會這麼重視要回來掃墓這件事。」男孩攤開手掌，邊說邊數著指頭，回答女人的問題。

「你覺得阿祖是怎麼樣的人呢？」女人一邊問，一邊以眼神示意，要男孩自樹上下來。

男孩爬下樹，他牽著女人的手，兩人走在林間，他思索了一下剛剛的問題，對女人說：「我覺得，阿祖一定是個很溫柔、善良、樂觀，而且常和大家打成一片的好人。」

聽完男孩的回答，女人大笑。

男孩對女人難得的大笑感到莫名其妙，覺得就算現在想從她嘴裡問出什麼也是不可能的事——因為女人已經笑到失控，眼淚都快掉下來了。

「……阿祖她啊——不是你想的那種好人，應該說，阿祖的個性根本就和你說的是完全相反的！」女人擦了擦眼角的淚珠，待情緒稍微平穩，她向兒子說起剛剛之所以失控大笑的理由。

「妳騙人！」

男孩瞪大了雙眼，張大的嘴也像下巴脫臼般縮不回來。他大聲抗議，駁斥母親的說法。

「是——真——的——！」女人笑著，拉長了語音，強調著事實。

「騙人啦！媽媽，說謊鼻子會變長的！」男孩不願妥協，倔強的否定女人的話語。

「哈哈！因為我說的是真的，所以鼻子沒有變長啊！我跟你說喔！阿祖她

啊——」女人輕笑、微微瞇眼，像在思索過去的點點滴滴該從何說起，男孩則是睜大眼，盯著女人，期待女人即將說出口的故事。

風和日麗的天氣，和煦的暖陽，清涼而不冷的風，相互打著招呼的村民，嬉鬧遊戲的小孩，片片飄落的桃花瓣，陣陣飄來的桃花香——這是位於深山，幾乎與世隔絕的桃源村的春季時分。

一切就該這麼平和美好，但一陣尖叫卻硬生生的打破了這份平靜。

幾個小孩自一幢大屋子裡衝出來，後頭還追著一個拿著掃把趕人的老太太。

孩子們奔跑、尖叫，老太太追著小孩，直到他們全部衝出自己家的家門。

她對快速奔跑到距離自己已經遠得只能看到小黑點的小孩背影大聲嚷著：「你們這群死孩子最好不要再來了！下次被我逮到非得打得你們哭著爬回家！」之後便拎著掃把走進家門了。

據說在老太太走進家門，並大力摔上門之前，路過的大人還看見她唸唸有詞的不曉得說些什麼——或許是在咒罵那些為了「尋寶」而闖入她家的小孩吧！

「喲！這次如何？找到什麼沒？」一位在樹下乘涼泡茶的老人目睹小鬼們和阿嬤的戰爭經過。

他大笑，咧開剩沒多少牙齒的嘴，對著那群疑似被掃把打到，因此滿身灰，一副狼狽樣的調皮小孩們問。

「沒有啊！除了一個被鎖死的抽屜，其他什麼都沒有啊！」像是孩子王的一個孩子撇撇嘴、彈彈衣服、拍拍褲管，想拍淨身上沾到的灰。

「不會吧——我看是你們不識貨啦！看到寶物都當垃圾去了！」老人端起杯子，啜了一口茶，放下杯子，搖搖扇子，一派輕鬆與不屑。

「才沒有！她家就真的什麼都沒有啊！連燒餅阿公的照片都沒有，哪可能有什麼寶物啊！」一個跟在孩子王身邊的小孩大聲抗議，他也還在拍衣服，看樣子他們剛剛不是被阿嬤拿掃把狠狠打了一頓，就是阿嬤家真的太髒，才會讓他們沾上這一身厚重的灰。

「你說她那過世的伴哪？唉！他人很好的哪——就是菸抽得多了些。」老人大聲嘆了一口氣，搖著扇子的手微微加重了力道，也稍稍加快了速度。他一下子緊閉起雙眼，像在哀悼那已經過世的人。

「什麼啊？你們又闖進阿嬤家了？不是告訴你們那樣不行嗎？」一位身著警察制服的年輕男子皺眉扶額，對小孩的行動感到頭疼。

「唉！有什麼關係，反正他們又沒偷任何東西。」老人咧開嘴大笑，手中的扇子還不時拍著身旁男子的手臂。

「不是那個問題啊——我……」男子還想繼續說下去，對話卻在這時被打斷。

「哎！大家在談些什麼哪？說得那麼開心。」一名年約五十歲的女子在樹邊的一張籐椅上坐下，她放下手中端著的下酒菜與一瓶小米酒，便開口和老人及小孩聊了起來。

「欸！阿珠啊！這幾個小鬼剛剛不知好歹闖進虎姑婆的住處，結果都被那虎姑婆掃出來啦！」

老人回答名為阿珠的中年女子剛剛拋出的問題，在回答問題的同時他也將小米酒倒滿兩個小玻璃杯了。

阿珠端起其中一個玻璃杯，看了看還在拍灰塵的小孩們，她笑著說：「現在還有體力打人啊！之前不都直嚷著自己快死了嗎？」她將小杯子中的小米酒一飲而盡，嘴角略為顯露她對阿嬤的不屑與譏笑。

「話不能這麼說啊！她年紀也差不多了，加上最近村內這一輩的都走得差不多了，神經質很正常哪！唉唉！我也好擔心哪！」

老人又咧開嘴大笑，露出他那剩沒幾顆的黃牙，話畢，他也將小杯子裡的

酒一飲而盡。

「哈哈！說得也是，不過您身體還很硬朗，也不像她那樣全身是病，不用擔心啦！啊——你們這次有什麼收穫沒有？」

阿珠笑著回應老人的話，然後她轉頭望向已經在地上畫起圓圈，打算開始玩相撲的孩子們。

「沒有啊！除了一個被鎖死的抽屜以外，什麼都沒有！」一個孩子答道，他正專注在手上的大石子和沒鋪上柏油的乾泥地，希望能在地上畫個又大又正的圓。

「上鎖的抽屜？八成就是鎖著錢吧！她那群女兒像吸血蝙蝠一樣，就算她是個守財奴，但遇上她那群女兒我看她也快被吸乾了吧！」

阿珠甩甩手，又倒了滿滿了一杯的小米酒，語氣中帶有的不屑感又增加了一些。

「不是喔！錢在其他抽屜裡——其他的珠寶、首飾什麼的也都在其他抽屜

中。」

孩子王蹲下身幫另一個孩子畫圓，他專注的盯著地上的構成圓的線，一邊回應阿珠的猜測。

「……」

阿珠聽了孩子的話，兩隻眼睛瞪得大大的，握著酒杯的手就這樣僵懸在半空中。

「哈！那還說沒有寶物！明明就搜出了那麼多東西不是嘛！」一旁的老人似乎已經出現些許醉意，略紅的臉、身上飄出的酒氣和加大的音量讓孩子們微微皺起了眉。

「那些東西對我們來說一點意義都沒有啊！」一個孩子說。

幾個孩子也附和了他的話。

「彈珠比珠寶漂亮多了！」「紙牌也比鈔票有意義。」……一旁的大人聽了不禁咯咯笑了。笑孩子的天真、笑他們的傻，卻也笑著自己被現實欺壓的愚

蠢和無奈。

正當大家熱衷於孩子們的尋寶結果，一名年約十三歲的女孩自大樹下經過，黑色的長髮披散在肩上，跟隨著她細碎的步伐輕輕擺動。她低著頭，揹著看起來很重的書包，一個小步接一個小步的快速前進。大樹下的人們看著她，一個個靜了下來。

「哎！曉夜！下課啦？」阿珠一看見她，便大聲喊她。

被喚作曉夜的女孩聽見阿珠喊自己，她稍稍停下腳步，連頭也沒回，只是淡淡應了聲「嗯！」就維持著與剛剛相同的步調一路走遠了。

「那孩子真夠古怪的。」一位買了菜，經過大樹下的太太看著逐漸走遠的曉夜背影這樣說。

「唉！畢竟是那老太婆的孫女哪！古怪也是正常的。」另外一位太太以一種不屑的語調這樣說著。

「噓！小聲點，會被她聽到的。」又一位太太故意拉高了音調，以戲謔的

語氣說著。

曉夜對於這些刻意而明顯的欺負並沒有放在心上，又或許該說她已經對此感到麻痺。

自小時候開始，她就因為阿嬤而不得不承受這一切莫須有的罪名。

「因為那個阿嬤怪得詭異，所以她一定有病，因為她是她的孫女嘛！」

「因為那個阿嬤不喜歡人群，所以那女的也一定不屑跟我們說話，因為她是她的孫女嘛！」

「聽說那個阿嬤的女兒都很勢利，見到有錢人會死巴巴的黏上去，對窮人倒很尖酸刻薄，她一定也是那樣吧！因為她是她的孫女嘛！」

……這一類刻意中傷人的話語和不實的指控，打從自己是阿嬤孫女的身分曝光那天就沒有斷絕過。

因為阿嬤，她幾乎沒有朋友。

倒也不是自己沒試過與人交往，只是別人似乎都已經被下了「別和阿嬤的

孫女說話」這樣的指令，因此「敢於和她互動」的人也是屈指可數。

她封閉了自己的心房，好逃離那些傷人的言語及行為，這卻又再度給了人群一個排擠她的合理藉口。

其實她從出生到現在根本沒正式見過阿嬤。

原本和阿嬤同住的父母親，早在她出生後不久就搬離了原本的住所，並且完全不告訴她關於阿嬤的任何事情。

童年時期，在這樣被刻意保護，與阿嬤徹底隔離的生長環境下，又為什麼會知道自己有個被全村排擠的阿嬤呢？

這當然也是來自村內女人的七嘴八舌——尤其阿珠，一個她稱之為「嬸婆」的人。

阿珠是以前爺爺聘請到店內幫忙的寡婦，也曾經在曉夜很小的時候以類似保母的身分照顧過她。

阿珠在很年輕的時候就嫁進了桃源村，聽說她是被她那貧困家族裡的人賣給老兵作妻子的，身世倒也很是坎坷。

她年邁的丈夫在她產下兩個兒子後不久就撒手人寰，只留下近乎於零的遺產、年輕的阿珠及兩名幼子。

沒有工作能力，有兩個孩子嗷嗷待哺，又沒有親人在村內的阿珠喪失了經濟來源，生活頓失依靠。

就在這樣拮据困難的時候，爺爺向她伸出了援手，要她到自己經營的小吃店內幫忙，而阿珠也就這樣在小吃店內工作到爺爺因身體病痛無力工作，收起了小吃店為止。

爺爺是個非常和藹慈祥的人，年輕時曾打過仗，在顛沛流離的年代挺過來後開始經營起小吃店。

他的手藝好，燒出來的菜比任何一位廚師都好吃，因此客人也總是絡繹不絕。

後來，他因為習於抽菸和喝酒，身體終究不堪負荷，在進出醫院多次，從

鬼門關前走了幾遭回來後，身體再也不足以支撐經營小吃店所需耗費的大量體力。

但爺爺也不甘就這樣遊手好閒，什麼都不做的等死。他收了小吃店，轉而在附近開了個小攤，改賣燒餅，也因此，在小孩間，他有了「燒餅阿公」這個外號。

他常借錢給生活有困難的人——想當然爾，那些錢都是回不來的贈禮。偶爾在路上看見流浪的小動物也都會帶回家養，雖然這些小動物只要被阿嬤發現都會被趕走。

爺爺也喜歡種花弄草，他種出來的花連花農都稱讚。

爺爺去世在多年前，因為戒不掉的菸與酒——曉夜還可以憶起，當時小小年紀，還不懂死亡是什麼，只記得那是第一次和重要的人不能夠「再見」，第一次感受到什麼叫做「令人窒息的哀傷」，還有，第一次……看見爸爸哭。

每次當曉夜因為阿嬤被同輩欺負，她總會納悶爺爺當初到底為什麼會娶這麼奇怪的人當太太。

明明以爺爺的條件應該能找到更適當的對象，何況阿嬤當時還是個已經嫁過人卻離了婚，帶著小孩的失婚女人啊！生在爺爺那個對女人的貞節看得比什麼都重要的封閉時代，要做出這樣的選擇想必也不容易吧！

曉夜不是沒有想過，爺爺娶了阿嬤是否也出於他那想幫助人的同情，但最後卻聽說爺爺是主動追求阿嬤的——或許阿嬤真有什麼好，是只有爺爺所能見的吧！因為阿嬤對爺爺以外的所有人來說，就只是個只有缺點，而沒有優點的人。

第二章

奇怪的阿嬷

阿嬤，在爺爺過世後從沒給爺爺上過一炷香，收起所有照片，不願再見，絕口不提，彷彿生命裡從沒有這麼一個伴侶走過。

阿嬤有三個女兒，是跟前夫生的。

阿嬤的女兒們，勢利、苛薄、喜造謠、毀謗他人，唯恐天下不亂。

她們勢利、苛薄到什麼程度？當爺爺身體孱弱的病倒後，她們在奄奄一息的爺爺病床前討論的，不是該給爺爺多好的治療，而是遺產要怎麼分；在爺爺過世後，她們瓜分了所有資產，但爺爺的葬禮她們卻一毛錢都沒出，甚至沒到場給爺爺上過一炷香。

這些事情，是曉夜從此不認她們為姑姑的主因，但為了大人的面子，她偶爾見了她們倒還會點個頭，即使總會被她們忽視。

然而，在得知爸爸和她們其實一點血緣關係都沒有後，她便從此不再把那群女人放在眼裡。

一直以來，大家都以為曉夜的爸爸是阿嬤唯一的兒子；但事實是，她與爺

爺並沒有生下兒子。

曉夜的爸爸和阿嬤沒有血緣關係，之所以會得知這天大的祕密，也只因某次爺爺遠在異鄉的親戚突然造訪桃源村，來拜年時，一群人喝了點小酒，藉著酒意，親戚無意間將這天大的祕密說溜了嘴。那時爺爺已經過世，曉夜爸爸身世之謎的解答，也早就被爺爺帶進了墳墓。

據說，那是爺爺一生中唯一不能，也不願對曉夜爸爸說的祕密——他甚至讓知道這件事情的人發過毒誓。

但誰也沒想到就幾杯黃湯下肚，就那麼幾句閒談，竟讓一個爺爺瞞過大半輩子的祕密曝了光。

阿嬤從來不知道曉夜的爸爸已經得知自己並非她的親生兒子這件事，只是一直守著這個唯有她認為是祕密的祕密。

然而，雖然知道曉夜的爸爸並非阿嬤親生，但卻也沒人知道曉夜爸爸的親生母親是誰。

阿嬤幾乎不做家事，還有一點老年癡呆。

她可以記得很久、很久以前的事，但都是不曉得發生在多久遠以前的事。

她的精神狀況時好時壞，偶爾認得家人，偶爾則否。不管曉夜一家如何盡心盡力的照顧她，她還是三不五時找曉夜爸爸的麻煩，並四處造謠說曉夜一家凌虐她，而她的女兒們也常藉這樣的說詞來刁難曉夜的爸爸，這樣的行為還一度造成曉夜一家在桃源村幾乎無可立足之地。

阿嬤常嚷著自己已經半死不活，成天碎碎唸著：

「我該早點去死以免在這裡受罪。」

「如果你們當我是麻煩，我乾脆現在去死一死好了啦！」

「我死了你們就高興了吧？那我現在去死好了！」

……這些話語，在她口中就像是跳針了的老唱片，或者被按下重複播放的錄音卡帶，一直不斷重複、重複，聽在耳裡覺得刺耳，卻又沒有停止鍵，無法停止。

雖然總嚷著自己想死，但在這同時，她卻又非常害怕死亡。

她的身體全天候不對勁，每天不上診所打一針就會讓她精神崩潰、情緒大亂——最後曉夜一家終於受不了，搬離了原本與阿嬤同住的住所。

原本以為逃離了她就會風平浪靜，然而他們顯然錯得徹底。

不搬還好，他們這一搬又引發了更大的問題。阿嬤的女兒們開始四處造謠，說曉夜的爸爸根本沒盡孝道，說曉夜一家以凌虐阿嬤為樂……她們加油添醋，把根本沒發生過的事說得都像真實事件。

她們是很敢說，但其實她們根本連去看阿嬤一眼都沒有，更別提去了解阿嬤的老年癡呆症究竟已經惡化到什麼樣的程度。

曉夜的爸爸曾僱請看護照顧阿嬤，只是，那些照護人員也都因為受不了她而一一辭職了。

阿嬤不常出門，以前爺爺在世的時候，生活點滴都是爺爺打理的。

在爺爺過世後，阿珠多少會給阿嬤帶點吃的或生活用品，偶爾也陪阿嬤聊聊天——即使多數時候她都會被阿嬤掃地出門。

也許她是念在爺爺過往的救命之恩，因此也想在自己能力所及之處，好好照顧爺爺的家人。

阿珠的心地其實還算善良，也很熱心，但就是太愛造謠、嚼舌根。

村內的人都不常見到阿嬤，有人甚至根本沒見過她，但全村的人都曾耳聞她的瘋狂與詭異。

她是全村最不受歡迎的人物，就連親人也都離棄她，窮得只剩下錢的可悲老人。

她是母親用以嚇唬、威嚇小孩的大壞蛋，當然，也是村民們茶餘飯後消遣的對象。

一切的一切，曉夜所知關於阿嬤的種種，並不是出自幼年的記憶，而全是自村民口中聽來的故事。

自小，曉夜的記憶裡就只有爺爺。爺爺經常會提著水果，走一段路到曉夜家裡，和她說說故事，切水果給她吃，偶爾會聽爺爺與爸爸、媽媽談起阿嬤，但幾乎都是在她不在場的時候說起——會知道也只是那幾次偶然撞見罷了。

大人們只要曉夜或其他孩子在場，就對阿嬤的事情絕口不提，彷彿當沒

這個人存在，又好像只要孩子聽見她的事情就會造成無法挽救的遺憾，因此在幼年時期，她幾乎完全不知道有阿嬤這號人物存在。

曉夜剛上國小時，偶爾會在回家的小徑上瞄見一個嘴裡總是唸唸有詞的老女人。

她總會拄著拐杖，以佝僂的身軀緩慢前行，從靠近村莊的大道，漸漸轉進位在村內邊緣，鄰近桃樹林的一間老舊大房子。

曉夜雖然曾對她感到好奇，但卻完全不會想接近她，甚至覺得那個背影有點恐怖，加上那幢舊房子看起來陰森森的，更讓曉夜完全沒有靠近的意願。

在人生第一個新學期開始後的某一天，在放學回家的路上，有個熱愛八卦的家庭主婦指著那老女人，並用詭異的眼神打量著曉夜。

只見她將手掌輕靠在嘴邊，刻意壓低根本沒低多少的音量，向她身邊另一位家庭主婦說：「那孩子就是那詭異老太婆的孫女。」

當時的曉夜聽見了這句話，阿嬤和她的關係才從此在她的世界裡曝光，也是從那時候開始，曉夜的生活天翻地覆，一切都不再像過去那樣平靜。

原本昨天還可以一起談笑、遊戲的朋友，突然都拒絕和她來往。

而且不只一兩個，好像全班都把她當危險物品看待，似乎只要接近她，自己就會倒楣。

這種排擠起初只是見了面不打招呼，然後是分組時落單，之後甚至有座位旁邊空出了一大片的狀態——同學會刻意把課桌椅挪得離她遠遠的。

她不知道這樣突然的轉變是怎麼回事，但她偶然在廁所聽見同學間的對話後，她徹底了解了自己被排擠的主因。

「欸！不覺得曉夜這樣有點可憐嗎？」

「是很可憐啊！可是那有什麼辦法？她是奇怪阿嬤的孫女嘛！」

「說得也是，因為是祖孫，一定有非常相近的地方，搞不好她精神也有問題，要是跟她走得太近，我們說不定也會變成瘋子！」

「對啊、對啊！還是不要跟她有太多接觸比較好。」

曉夜躲在廁所的隔間裡，聽著這段對話，好一段時間不能止住自己身體的顫抖。

雖然門外的同學已經離開很久、很久了，自己的雙腳卻無力移動半步。

在那之後，又過了一段時間。

她被排擠的狀況逐日加重，惡作劇層出不窮。

一開始是作業本被人亂塗亂畫，然後是課本不見，桌面被人畫得亂七八糟，或者整套桌椅憑空消失，找遍校園最後在垃圾場前找到它們，又或者抽屜裡被塞滿垃圾、放入蟑螂……這一類事件出現的頻率之高，讓曉夜一開始還會躲起來偷哭，到後來卻已經對此感到麻痺，甚至能面無表情的快速善後。

同學見她對惡作劇已經見怪不怪，對她惡作劇的狀況非但沒有停止，還更加變本加厲。

而當她某一天終於忍無可忍，把一個正當著她的面，將廚餘往她桌上倒的

男同學推倒，並狠狠揍了他一頓，打得那高大的男同學嚇到哭著求饒，同儕對她的欺辱程度才有稍微減輕的跡象。

但是排擠和刻意遠離的情況倒是在那之後直線飆升到近乎要破表的誇張程度。

也是因為生活在那種校園環境裡，她開始習慣一個人行動。

因為少了可以一起遊玩的對象，她把時間全數投入到閱讀之上，除了課內，也涉獵課外文學。

大概就因為如此，就算她回家不刻意溫書，成績也都能保持在全班前幾名。

這也惹得同學們一個個恨得牙癢癢的，但恨歸恨，他們卻也不能多說什麼。

畢竟她這個樣子，雖然在同儕之間不受歡迎，但對老師來說可是不可多得的好學生。

有了老師做靠山，加上她異常堅強、強悍的個性，誰還敢大刺刺的找她的碴呢？

她的國小生涯就在這樣微妙的氣氛下度過了。

面對即將來臨的國中生涯，曉夜一點期待也沒有，只覺得那只是另一個苦痛與惡性循環的開始。

第三章
轉學生

新學期，新氣象。

告別暑假，擺脫了小學生的稚嫩，一群國中新鮮人在嶄新校園生活的教室中圍成一圈又一圈的圓，紛紛快樂的談論過去，幻想未來。

因為還沒有必須穿著制服的規定，因此校園更是被學生們的便服與朝氣裝點得更加繽紛活潑。

「欸！妳知道那個古怪阿嬤的孫女這學期跟我們同班嗎？」一個綁著俏麗馬尾的女孩子向身旁的同學搭話。

「真的假的？不會吧！那個古怪到出名的女生？」身旁的同學聽見女孩的話語深深倒抽了一口氣，語氣中的不悅表露無遺。

「對！就那個曉夜啊！總是全身黑的那個。」綁著高馬尾的女生肯定了同學的猜測。

「咦？那個總是很自閉的人嗎？」

又一個女孩加入了話題，她似乎也不願相信自己這個學期與曉夜同班的事

實。

「對、對！聽說好像就是因為她阿嬤讓她變成那個樣子的。」綁高馬尾的女孩又說，她似乎對村內的八卦非常了解。

「欸——我倒覺得那是她自己的問題欸！哪有可能因為一個人就變成這樣啊？」一開始被搭話的女孩微微挑眉回應。

「哈哈！我看那八成是因為祖孫間血緣有遺傳啦！我媽說她們一家人都有病！」新加入話題的同學笑著說出自己的想法。

一群女孩圍成一個圓圈嘰嘰喳喳的談論著曉夜的身世，說著她那詭異的阿嬤和她詭異的個性。

當她們說得興致正濃，被加油添醋的八卦也越講越起勁，越來越誇張的同時，一抹黑色的人影輕輕從她們身旁晃過。

「我和那女人，一點血緣關係都沒有喔！」那抹黑影輕輕拋下這句話，然後踩著無聲的腳步離開了。

一群人被突然出現的陰沉語調嚇得同時轉頭，看著曉夜那抹由披散的黑髮及黑色的衣服形成的黑色背影，剛剛說著流言蜚語的女孩們身上除了爬起一陣雞皮疙瘩，還泛出一層薄薄的冷汗。

「欸！那個……就是那個吧！曉夜？」一開始被搭話的女孩以微微顫抖的音調問著身旁的兩個女孩。

「唔，嗯！」

綁了高馬尾的女孩微微點頭，似乎還沒從驚嚇中回神。

「真夠詭異的！她還活著嗎？」中途加入話題的女孩面露嫌惡。

「不知道——看那副樣子，搞不好已經是另一個世界的人了。」被搭話的女孩雙手交錯在胸前，左手抓著右邊的手臂，右手則抓著左邊的手臂，不停上下來回搓著，努力為自己取暖。

「不要這樣說啦！就算大白天的，聽起來還是很恐怖欸！」綁高馬尾的女孩拉高了音調，拒絕聽取恐怖的話語。

「可是明明是夏天，我還是覺得冷啊！她剛剛走過來的時候我都覺得背後有股寒氣欸！」

被搭話的女孩堅持往下說，她表情誇張，搭在手臂上的雙手也還在不停動作。

「討厭！不要說了啦！妳們這樣要我晚上怎麼睡啦！」綁高馬尾的女孩歇斯底里的尖叫，這個舉動逗得另外兩個女孩哈哈大笑。

她們在呆愣了幾秒，安穩了情緒，看見曉夜走遠後便又嘰嘰喳喳的談論起曉夜來。

幾個女孩又做出詭異的猜測，然後那些詭異的說詞又引起另外幾個女孩的尖叫。

高分貝的笑鬧，在狹小的教室內迴盪，聽起來又多了幾分刺耳。

曉夜選擇忽視那一群感覺瘋瘋癲癲的女同學，她在教室裡最不起眼的角落

邊坐下，然後靜靜翻開一本厚重的小說，開始閱讀。

她留有一頭過腰的長髮，多數時候不會綁起來，身上的衣服不是全黑色的，就是無彩度的色系，如灰或白。

也許因為不常出門，所以她的皮膚很白——毫無血色的白。

她臉上幾乎沒有表情，喜、怒、哀、樂在她的世界裡好像都不存在。她走路時踩的力道很輕，因此移動時幾乎不會發出聲音。

她特別喜歡角落，尤其是沒有光線能夠照射到的角落。

最喜歡的地方是圖書館，她常獨自窩在圖書館一角，身旁也總是堆著無數厚重的書籍，也大概只有在她看書的時候才能見到她嘴邊浮現的一抹淺笑——那是她願意釋出的最大善意，但目前她所釋出善意的對象只有書，沒有人。

「新學期開始，除了村內各位熟悉的同學外，今天老師要向各位介紹一位來自別村的新同學，他的名字……」一位穿著套裝，留有一頭俐落短髮的女老師輕輕推了推臉上的細框眼鏡。

她以平穩的聲音不疾不徐的向台下的同學說明本學期的注意事項，並且向同學們介紹今天開始要加入班級的新同學。

新的老師，但卻不是陌生的面孔。

桃源村很小，因此村內幾乎每個人都互相認識，就算沒有交集也偶爾會擦肩而過。

曉夜直盯著桌上攤開的小說，就算偶爾抬頭也只是望著窗外的天空發呆，根本沒有留心台上老師正說著什麼。

「反正新學期總是以廢話開始的吧！」曉夜這樣想著。

台上的老師似乎在介紹新同學，但曉夜並沒有把心思放在那之上，因為十之八九，那個人會跟著其他同學排擠自己，因此不管來的是誰都不重要。

伴隨著老師話音落下，老舊教室有些生鏽的鐵製拉門正「喀啦、喀啦」的響著，然後是步調平穩的腳步聲，全班同學倒抽了一口氣的聲音則緊接在後，再來，是女孩們刻意壓低，卻又不自覺越說越大聲的悄悄話。

曉夜被身旁混亂的一陣陣聲響拉離精采的小說文字世界。她微微挑眉，抬頭望向講台，台上站著一個男孩，是生面孔。

對方的視線和她對個正著，曉夜面無表情的看著他，而他與曉夜的眼神對上的瞬間，他便向她露出一個燦爛如驕陽的微笑，時間點精準的好像他打從一開始就在等曉夜抬頭看自己一眼。

講台上的男孩似乎是個混血兒。

清秀、斯文，擁有深邃輪廓的面龐，陽光而燦爛的微笑，曉夜大概懂了班上的女孩們之所以騷動的原因。

她瞄了一眼四周，赫然發現有些女孩臉上已經浮現了兩朵紅暈，而那也不過是因為台上的男孩對她們淺淺一笑。

曉夜低頭，再度栽進小說文字勾勒出的故事情節，至於台上的男孩說著什麼，身旁的女孩們又低語著什麼，那對曉夜來說早已不重要了。

「啊！找到了——妳叫曉夜，對吧？」

一名男孩刻意壓低聲音說著，然後他連問都沒問，就拉開曉夜對面的椅子坐下。

埋首書堆的曉夜抬頭看了他一眼。

「……有事嗎？」她繼續低頭看書，沒有太搭理在她對面坐下的人。

她記得這個人是新來的轉學生，老師安排座位的時候，他好像就坐在自己隔壁——當然，老師宣布座位安排時當場噓聲四起，女孩們的抱怨不絕於耳，當時的吵雜好像至今仍在耳畔嗡嗡作響。

「沒什麼特別的事，只是看妳每節下課不是趴在桌上休息就是攤著書看，感覺完全無法打擾，只是我還是想跟妳說說話，所以——妳在看什麼？」男孩聽見曉夜回答，他興奮的說著，然後站了起來，雙手撐在桌上，伸長了脖子想看曉夜正在閱讀的書究竟寫著怎樣的故事。

「《茶花女》……你擋到我的光線了。」曉夜回應男孩拋出的問題，接著抬頭，微微皺眉看著他。

男孩臉上掛著燦爛的笑容。

「總算看到妳的臉了，一直低著頭是看不到太陽的喔！」他笑著說，然後坐回曉夜對面的位置。

「妳都看這麼艱深的書嗎？」

他抽起曉夜桌邊的一本書，書名是《飄》。

「就算不看太陽，它也還是一直存在於頭頂上，不會消失；只是比起太陽，我更喜歡星星和月亮。我並不認為我讀的書很艱深——目前除了這些，我不曉得還有什麼書值得去看。」

曉夜像是被男孩引起了興趣，又像是不願意讓閱讀的興致一直被人打斷，她索性放下手上的書本，直直盯著男孩。

「別只看陰影嘛！被那單調的灰所籠罩的並不是物品的原色，在光亮的地

方才能看見色彩；世界是很繽紛的，放棄這樣的美景是很可惜的喔！還有啊——我跟妳說，漫畫也是很好玩的東西，有些漫畫的深度也不淺於文學，只看這些硬梆梆的文字不覺得太沉悶了嗎？」

男孩微笑，並自書包裡拿出一疊漫畫。

「這不是違禁品嗎？聽你說的話，總覺得你說我看的書艱深並不是出自真心的。」曉夜微微皺眉，隨手拿起一本漫畫翻閱了起來。

那是一本畫風華麗的漫畫，精緻的線條和流暢的分鏡確實容易令人無法自拔。雖然這本漫畫的筆調輕鬆，但卻是以簡單的方式，呈現著不簡單的故事。曉夜迅速翻過，大概瀏覽、了解內容後就闔起漫畫，將它輕輕放下。

「唔！妳說話一向這麼直接嗎？不過，也是啦！妳看的書我有一些都看過了。」男孩搔著頭，嘴角邊泛起一抹苦笑。

「……你，別和我走得太近比較好。」曉夜打算終止話題，她話鋒一轉，放下漫畫，起身。

「為什麼？」男孩還坐在原位，他歪頭看著正在收拾桌面的曉夜。

「聽老師說你是從別村搬來的，所以你可能不知道——聽過我們村裡有個奇怪阿嬤的傳說嗎？」曉夜一邊將鉛筆盒和筆記本放入書包，一邊向他提出問題。

「喔——妳要說妳是她孫女的事嗎？」男孩輕笑，兩手托腮。

「嗯！就是那樣。和我走得太近的話，會被人群排擠的。」曉夜說完便拎起書包，轉身離開。

然而她才跨出圖書館，書包的帶子就被人用力扯住，錯愕的曉夜不得不停下腳步，而她轉頭後，眼神對上的則是擁有燦爛笑容的男孩。

「等我一下，我跟妳一起走。」只見男孩快速奔回原本的位置，把東西收完又快速跑回曉夜身邊。

「為什麼要跟著我？」曉夜刻意和轉學生保持著距離，而對方則是一直走近她身邊。這讓曉夜感到些許不自在，於是終於開口提問。

「沒有為什麼，我只是想跟著妳而已。」男孩笑著，巧妙的閃過曉夜的問題。

「……沒關係嗎？」曉夜低頭，並肩和轉學生一起走著。因為她根本甩不掉轉學生，於是只好讓他跟在自己身邊。

「妳指什麼？被排擠嗎？」男孩雙手交握枕在頭後，他的語氣一派輕鬆。

「嗯！」曉夜的左手下意識的緊緊抓著書包的帶子，這大概是她長到這麼大以來，第一次和家人以外的人以這麼近的距離，相處這麼長一段時間。

「我覺得是排擠妳的人有問題。那和妳沒明明就沒關係，詭異的是『阿嬤』，而不是『妳』，更何況，聽說妳和她也沒血緣關係不是嗎？」男孩笑著，曉夜再度感到一陣錯愕——為什麼那些人一直無法理解的事情，他可以那麼輕鬆自在的說出口？他似乎也對自己的事情瞭若指掌，但她甚至連他名字都不知道——他在自我介紹的時候，她正好恍神了。

「要是你因為我而被人群排擠我可不管。」曉夜突然停了腳步，她扔下這句話，然後突然加快了腳步，一下子就和男孩拉開了距離。

「啊！等我！」男孩見曉夜突然快步走了起來，他抓緊背包趕忙追上。

「妳不要這麼緊張啦，我又不會吃了妳！喂——等我啦！」

後來，曉夜在女同學嘰嘰喳喳的話語裡，得知這名男孩的名字叫知日。

知日是個非常樂觀開朗、思想正向積極，又博學多聞、想法特別的人——雖然舉止有那麼點輕浮就是。

他臉上總是掛著燦爛的笑，在校園內的人緣也非常好，才剛轉學過來沒多久他就認識了學校裡一半以上的人。

他身邊明明有一大票朋友，但他卻多數時候都以曉夜為第一順位。

曉夜不知道他是用了什麼方法，讓他就算和自己走近也不會受到眾人排擠，但似乎也因為他，願意和曉夜說話的人變多了——即使曉夜仍會因為不習慣而避開人群，但感受到的敵意確實比以往少了許多。

對曉夜來說，知日是個「危險」的存在，但不管曉夜如何想避開他，他總能找到曉夜並待在她身邊，時間久了，曉夜也就放棄抵抗了。

「走開，我要看書。」

「我在這裡會妨礙到妳嗎？」

某天下午，圖書館窗邊，曉夜一臉不悅，她瞪著坐在她對面傻笑著的知日，低語。

知日單手撐著臉頰，笑著觀察曉夜微妙的表情變化。

「你在這裡我很難專心。」曉夜闔上書本，身上像是籠罩了一層陰沉的怨氣。

「欸！我問妳喔！妳真的討厭那個阿嬤嗎——那個，別人說是妳阿嬤的人？」知日直接忽略曉夜的抱怨。

看著她闔上書本，他嘴角漾起的笑擴大了幾分——因為他知道，一旦她闔上書本，就是打算認真和他聊天了。

「基本上除了家人，全世界的人我都很討厭。」

曉夜一臉不悅，她單手撐著下巴，撇開目光，低頭看著圖書館窗外，操場上運動著的人們。

「這根本沒有回答到問題嘛！」知日不悅的撇了撇嘴。

曉夜微微轉頭，眼角餘光撇到知日的不悅，那抹鬧著脾氣的不悅，正毫無掩飾的浮現在知日幾乎只看得見微笑的臉上，那是他非常少見的表情。

「……用膝蓋想都知道我討厭她啊！雖然我長那麼大也沒正式見過她一面。但與其說討厭，不如說我根本恨死她了。」看見他那難得的表情，她的嘴角泛起一抹淡淡的笑，然後在不到一秒的時間內，這抹微笑就消失得無影無蹤了。

「為什麼？其實我也很好奇村裡的人為什麼這麼討厭她，她做錯什麼了

嗎？」知日把玩起放在桌上的鉛筆，他在廣告紙空白的背面漫不經心的畫著圓。

「我對她的厭惡來自她對家人的傷害，別人對她的厭惡我想是來自流言蜚語。」曉夜淡淡的說著。

「我聽說，她是個非常神經質的人，我不確定那是因為老人癡呆還是她天性如此。她有很多、很多瘋狂的舉動，我想你都曾有耳聞——就像你在很久以前就聽說過我是她的孫女一樣。」

曉夜輕輕嘆了口氣。

「我討厭她，真的好討厭。大家費盡心神，為的只是讓她的生命平安的延續下去，但她非但不領情，還把這一切好意當作垃圾踐踏，四處造謠、傷害毀謗，家人們明明跟她沒有血緣關係，卻得背上因為她而形成的種種莫須有罪名——真所謂禍害遺千年，為什麼先死的不是她，而是爺爺……」曉夜單手支著額頭，知日看不清她的表情，卻能感受到她深深的怨與恨，還有一絲淡淡的懷念與哀傷。

「從來，沒正式見過面嗎？」知日一雙眼瞪得大大的，他正一臉不敢相信的望著曉夜。

「嗯！雖然這麼說聽起來很詭異，但我真的從來沒有正式見過她，只有遠遠看過，而且我連喊她一聲『阿嬤』都沒有過。她就是可悲到了這種地步，家人離散，而會接近她的人也只為了她的錢財——因為她總認為錢財是可以收買人心的，所以雖然是個守財奴，但卻也很容易無意義的揮霍金錢。我爸爸原本是與阿嬤同住的，但家人在我出生後不久，就搬離了原本的住所。幼年時，爺爺會提著水果來看我，也會說故事給我聽，但不管是爺爺或家人都對阿嬤的事情絕口不提，就好像只要我聽見關於她的點點滴滴耳朵就會爛掉一樣。」

曉夜坐挺身子，繼續說道：「我過著與那個阿嬤完全隔離的童年。之所以會知道她，也是因為自己到了必須上學的年紀，聽見村裡太太們口中的閒言閒語才知道自己有個阿嬤。回家追問，家人倒也不願多說什麼，而從那時候起，

得知我是阿嬤孫女的媽媽們，好像全對自家孩子們下了『不要跟那個阿嬤的孫女有所接觸』這類的命令。真的不誇張，好像在一夕之間，莫名其妙的被全世界背叛了。」曉夜嘴邊浮現一抹冷笑，她的話音漸弱，句子就停在這裡。

「……原來如此，難怪妳當時會對我說那些話——真是辛苦妳了。」知日頓了一下，他以微微顫抖的聲音對曉夜說出這短短幾個字組成的話語。

聽見他不同於以往開朗的聲音，曉夜抬頭，卻發現知日竟已眼眶泛淚。

「你、你哭什麼啊？我都沒……」

「就因為妳沒哭啊！大笨蛋！」

「笨……」

曉夜驚愕的想阻止知日眼中的淚水落下，卻沒想到自己脫口而出的話語反而讓知日的情緒更加激動。

曉夜對於眼前正哭得唏哩嘩啦的知日，還有他脫口而出的字句都感到不知所措。

稍稍冷靜後，她起身走到知日身邊，輕拍哭慘了的他的背。

「……我覺得你反倒是需要被擔心的人。」曉夜並沒有發現自己正對那個為了自己的事情大哭的人淡淡的笑著，她遞出幾張面紙給他，並持續輕拍他的背。

「可是，阿嬤，那個阿嬤她會這樣肯定是有原因的啊——」知日以剛哭過而帶有濃濃鼻音的話音繼續了話題。

「我相信不會有人無緣無故就開始傷害人的。因為在傷害別人的同時，也是在傷害自己啊！」

「我不知道她有什麼苦衷，但是她對我們造成傷害是事實。」曉夜苦笑看著已經哭花了臉還硬要說理的知日。

「不管理由是什麼，也不管她的背後是不是有不為人知的苦衷，至少——現在的我很難原諒她。」她又遞給知日一張面紙，知日只是接下它，默默擦掉剛從眼角滑落的淚水。

知日是個感情豐沛、善於表達情緒的人，只需要一點感動、一點心痛就足以讓他落淚，他非常鄙視「男兒有淚不輕彈」這類觀念——他認為既然說了男女平等，那麼男孩子就算展現出懦弱的一面也不該被人指指點點。

他很溫柔，也非常為別人著想。大概就是這樣的個性，導致他根本無法丟下總是獨自一人的曉夜不管。而這樣的率真、那樣的真摯，加上對任何事物都有一番獨到的見解與獨立思考的能力，或許正是他不會受到眾人洗腦而排擠誰的主因——也是他接近「異類」的勇氣基礎。

「妳、這樣、會、活得——很累喔！」知日斷斷續續的說著，他輕輕吸著鼻子，看樣子他真的哭得很慘。

「我知道。」

曉夜微微點頭，靜靜看著窗外已經空無一人的操場。

「吶！知日，看過桃源村的桃花林了嗎？」曉夜起身，拎起書包，靜靜望著知日，等待他的回應。

「還沒……」知日微微一愣，看著嘴角泛起一抹淺笑的曉夜，他面露疑惑。

「我帶你去看看吧！這時節桃花開得正漂亮，算是謝謝你今天聽我吐苦水。」

「曉夜……」知日叫住正轉身準備離開的曉夜，對方回頭問：「怎麼了？」

「有沒有人說妳真的很不像國中生啊——」知日自座位上起身，拿起書包走到曉夜身邊，他扯起袖子，擦拭著眼角殘餘的淚水。

「沒有，只有被人說過像鬼而已。」曉夜向知日微微一笑，兩人就這樣有一搭沒一搭的聊著、笑著，步出學校的圖書館。

第四章
桃樹林

一陣清甜的香氣撲鼻而來，片片粉色花瓣隨風飄落，桃源村的桃樹林構成一幅美若仙境的景象，它們的美是令所有旅人都不禁佇足欣賞的自然贈禮。

這些美麗的桃樹，是只存在於桃源村的特有品種。

村民將它們當作許多產品的原料，從香精、飾品、染料、點心到家具，無不和桃樹有關。

它的花瓣有一種獨特的清香，是從女孩到女人都非常喜愛的香味，甚至有一說是只要抹上有桃樹花瓣香味的香水，就能為自己招來良緣，讓身邊桃花朵朵開。

而若是將花瓣磨成粉狀，搭配其他原料則可做出一種漂亮的淡粉色染料，柔和的溫柔粉色同樣深受女性喜愛。

它的果實常被用來製成甜點或果醬，特殊的清香和甜而不膩的口感，常讓人一吃上癮。

許多點心店都看上它的用途而紛紛加以利用，不出幾年的時間就推出了許

多以桃子為主題的餐點。

它的枝幹非常堅固，是用來製作家具的良材，只要製作手法及保養方法得當，要一件由桃樹製成的家具讓人使用超過五十年絕對不是問題。有些村民看上桃木耐用的特點，甚至將它當作木料來蓋房子。

桃樹和桃源村民的生活緊密的連結在一起。

桃源村的村民將之視為村內的鎮村之寶，甚至有謠傳指出桃源村的村名就緣自這一棵棵美得令人屏息的桃樹。

「因為桃花朵朵，因此桃源廣開，故為之命名作桃源村。」——傳說，在村子的入口曾有人放了寫有這樣一段話的木牌，只是那木牌現今流落何處，早已是個不可考的謎，沒人知道那段文字是信手寫下的玩笑，或是桃源村名的真正由來，但這也早已不再重要。

「真的很漂亮耶！」知日望著那一望無際的桃花林，剛剛的哀傷情緒似乎早被一掃而空。

「是啊！雖然不曉得是誰種下這一片林木，但這真的讓後代子孫受益良多。」曉夜輕輕說著，拎著書包，她放慢腳步走在正興奮往前跑的知日後頭。

「吶！妳常常來這裡？」知日見她腳步放慢，於是便停下腳步，回頭望著她，提高了音量詢問。

「不，雖然很漂亮，但我不常來。」曉夜微微苦笑，然後停下腳步，似乎不想再往前走。

「為什麼？啊！是因為阿嬤？」知日在提出問題後，像是想起了什麼似的。他頓了一下，並提出他的猜測。

「嗯！她就住在前面不遠處。」曉夜微微點了點頭，指著大道旁的小路，她這樣對知日說。

「這樣啊——那我們回去吧！時間也不早了，晚回去父母會擔心的。」知日順著曉夜手指的方向往旁邊一看，果然可以看見小道盡頭有一幢看起來有些

陰森的老房子。

「好是好，但你看夠了嗎？」曉夜看著正將眼神鎖在桃樹上，不捨離開，醉心於桃樹之美的知日輕笑。

「邊走回程邊看囉！」

知日知道自己的意圖被曉夜看穿，只是笑著回應，沒有反駁、沒有任性的無理取鬧。

知日小跑步到曉夜身邊，兩人在樹林中央處折返。

漫步桃樹林中，平時緊繃的情緒與神經彷彿都能在這片林間得到放鬆。

他們斷斷續續的聊著，話題小從生活瑣事大到雙方家庭，兩人無所不談。

而就在他們快要走出桃花林的時候，有個男人自樹叢中跌了出來，兩人被這個男人嚇了好大一跳。

自樹叢中跌出來的男人以無神的雙眸望了他們一眼，他們見他張開口似乎想說話，但對方卻連一句話都還沒說出口，就突然在他們面前倒下，並整個人

昏了過去。

曉夜和知日被昏倒在眼前的男人嚇得不知所措。

他們先是確認了男人的心跳和呼吸，兩人在確認對方還有穩定的生命跡象後都短暫鬆了口氣，他們大略檢視了男人身上的配備，想看看有沒有關於他的任何身分證明文件卻一無所獲。

「是外來的人。」曉夜打量著眼前的陌生男人，冷冷的說：「怎麼辦，可以放他死在這裡嗎？」曉夜起身，彷彿真的想把這個陌生的男人拋在這裡讓他自生自滅。

「喂喂——這攸關人命，不要開這種玩笑啦！」

知日蹲在昏死的男人身旁，一臉無奈的抬頭望著正以冰冷的眼神注視著地上男人的曉夜。

「我沒在開玩笑。」她的眼神這樣說。

「咳！呃——總、總之他的生死不是我們可以決定的，我去向村民求救，

妳可以在這裡先看著他嗎？」

知日的視線有一秒閃避了曉夜那既冰冷又堅決的目光，他瞄了一眼昏倒的男人，又抬頭看著曉夜。

「……」聽見知日的提議，曉夜微微挑眉，她的眼神問著：「你覺得我會答應嗎？」兩人都沉默不語，氣氛尷尬。

僵持了近一分鐘，看著知日那雙澄澈的雙眼透出的堅決，曉夜知道自己是絕對拗不過這固執的大好人了。

「好啦、好啦！你快去快回，十分鐘內沒回來我就不管他了。」曉夜撇開眼神，無奈的妥協於知日的堅持。

「知道了。」

看著撇頭轉開視線鬧著彆扭的曉夜，知日笑了一下便起身奔向村子，尋求村民幫助去了。

村裡的人很快就跟著知日回到倒下的男人身邊。

曉夜則是為了避免麻煩，在遠遠看到知日領人回來的同時就默默躲到一邊的角落，靜靜的觀看情勢發展。

待醫院的人將男人送走，而看熱鬧的村民也逐漸散去後，知日才走到曉夜所在的不起眼角落和她碰面。

「結果妳還是會擔心嘛！」

知日愉快的笑著，曉夜只是撇過頭不看他。

「在為我丟下妳鬧彆扭嗎？那也是因為情況危急啊……」看見曉夜彆扭的舉動，知日嘴角的微笑擴大了幾分。

「你哪隻眼睛看到我在鬧彆扭？時間不早了，我要回去了。」曉夜連看都沒看知日一眼，她快步走過他身邊，書包的背帶卻又再一次被知日抓住，而她也再一次因為這個舉動，不得不停下腳步。

「幹嘛？」曉夜回頭，語氣中沒有緩和的疑問，而是充滿不耐煩的質問。

「晚了，我送妳回去。」

知日以微笑相對，雖然語氣和緩，緊抓著曉夜書包背帶的手倒是下了不少力道。

曉夜打算往前走，知日卻仍緊緊抓著她的書包背帶，像是要她停下腳步。

曉夜以狐疑的眼神看著知日，知日以眼神往後一瞟，曉夜順著知日的眼神望去，一個佝僂著身子的老女人就在遠處緊緊盯著他們兩人。

曉夜一對上那老女人的眼神便立刻將視線轉了回來，她用力扯了一下肩上的書包背帶，以細碎的聲響咒罵著知日讓她看見了「不該看的東西」，知日笑了一下，並識相的收回拉在曉夜書包背帶上的手。

「你到底要跟到哪裡？我又不是三歲小孩，而且也很『安全』，不需要你操心，快點回去！」曉夜從大概十分鐘前就不停對知日說著這句話，然而知日只是說著「好啦、好啦！」敷衍她，但卻已經一路跟著她到了她家門口。

「那，晚安。」知日臉上仍是那一抹燦爛的笑，讓人好像在暗夜裡看見了太陽。

「等我一下。」

曉夜丟下這句話後就跑進屋內，留知日一人愣在原地。

不久後，一名高大的男子跟曉夜出現在門口。

「聽說你送我女兒回來？時間晚了，我開車送你回去吧！你一個孩子，走夜路也不安全。」

男人微笑，輕輕晃著手上的一串鑰匙。

知日一愣，然後笑著指了指離曉夜家大約兩幢房屋距離的一幢小屋說：

「謝謝叔叔，但我就住那裡，我想不用勞煩了。」知日笑答，而曉夜的爸爸則是在謝過他並目送他離去後才和曉夜回到房內。

「新朋友？」曉夜的爸爸在沙發上坐下，攤開報紙，心情愉悅，但好像有

些複雜的情緒夾雜其中。

「問我嗎？」曉夜正看著電視，啜著熱茶。

面對父親突如其來的詢問，她愣了一下，並拋出一個聽上去非常愚蠢的問題。

「不然這房間裡還有第三個人嗎？」父親的話語雖像質問，但卻參雜了笑。

「喔！他只是最近跟我走得比較近的同學。」曉夜轉過頭，專注的看著電視。

「看上去是個外向活潑的孩子。」他端起一杯綠茶，輕輕笑了一下。

「他是啊！還是學校的風雲人物呢！只是不知道為什麼，他似乎很愛黏著我。」曉夜無所謂的說著，父親卻在此時大聲咳了一下，像是被綠茶嗆到。

「……爸，你沒事吧？」

聽見聲響的曉夜嚇得轉過頭來，看到父親正摀嘴猛咳，她坐到他身邊輕輕

拍著他的背。

「那小子該不是對妳有意思吧？」待氣息稍微平順，曉夜的爸爸低聲問。

「為什麼爸會這樣想啊？我和他認識還不到一個學期呢！」曉夜聽見父親的猜測真感到哭笑不得。

「搞不好是一見鍾……」

「爸，沒這回事。」

否認父親的誇張猜想與接下來可能無限擴大的思想暴走，曉夜沒等他把話說完就強制終止了這段談話。

「對了，我剛剛又看到『那個人』了——待會得去給爺爺上香，求爺爺保佑了。」曉夜端起茶杯，窩到一邊的沙發椅上，她冰冷的語氣不帶一絲感情。

「妳去了桃樹林？」曉夜的父親在聽見曉夜的話語後，微微挑眉。

「嗯！和知日去晃了一圈。在那裡遇到村外的人，對方在那裡昏倒了，知日去向村民求救，那人被救護車送走後，回家前，我看到『那個人』在我們背

後緊緊盯著我們看。」

「一起在圖書館看書、一起去桃樹林，難得晚歸，兩人還一起回家——妳和那小子該不會已經在交……」

「爸——我跟他，什麼都沒有。而且剛剛話裡的重點明明就是『村外的人在桃樹林裡昏倒了』，還有『那個人在背後緊盯著我和知日看』，你怎麼會想到我跟他那完全不成立的交往狀態上去呢？」聽著父親些許激動的語氣，曉夜又再度主動打斷了父親的話，並設法將話題拉回重點上。

「……有人在桃樹林裡昏倒啊？看起來是個怎樣的人？」曉夜的爸爸喝了口綠茶，語氣中有些好奇。

「他的穿著很休閒，但身上的配備和行頭都是名牌貨，揹著一堆登山用具，應該是都市來的登山客，大概是因為迷路才出現在這裡吧！說真的，我不是很喜歡那個人，雖然沒跟他深入接觸，但就是覺得哪裡不對勁。」曉夜盯著電視螢幕上閃爍的新聞畫面，回應著父親的問題。

「這樣啊！他的身分確實有可能是妳說的那樣，不過——唉！會覺得他詭異，我倒覺得是因為妳看整個世界都不順眼。對了，妳剛剛是不是說妳有看到妳阿嬤……」

「她不是我阿嬤。」

聽見關鍵字，曉夜轉頭，一臉不悅的看著父親。

「喔！更正，『那個人』。那個人應該是不常出門的啊！搞不好那個倒下的外地人和她有關。」曉夜的爸爸疊起報紙，淡淡的說著，雖然說起「那個人」的事情時，他的語氣比曉夜多了些溫度，但聽上去也不像有把「那個人」——阿嬤當作至親。

「我也在猜想，但總感覺不是那麼回事。從那人身上的行頭看來，應該是個社會階層很高的人。他和那個根本沒讀書的人能有多少話講。」曉夜關掉電視，她攤開一本小說，放在膝上，專注的讀起故事，回應的語氣仍是那樣冷冰冰的。

「這樣啊——」曉夜的爸爸低喃，他單手支著下巴，像在思索些什麼。

「反正明天一定又會流言滿天飛了，我也有在那邊看到嬸婆。」曉夜放下手中的茶杯，臉上的表情有一絲嫌惡。

「阿珠啊？每次只要村裡出事她幾乎都會在現場，她到底怎麼知道哪裡出了事啊？」他的語氣有一些驚愕，像是對阿珠的「神通廣大」感到驚訝。

「我是不意外啦——那群三姑六婆成天不是看熱鬧就是說八卦，哪有什麼消息能逃過她們的眼睛和耳朵啊？」

曉夜放下已經見底的杯子，伸了個懶腰。

「我要去看書了，最近在圖書館都不得安寧，得抓緊時間了。」她起身，拎起書包，走向房門口。

「曉夜啊——」曉夜的爸爸叫住正準備離去的她，他再度打開報紙，嘴角泛起一抹淺淺的笑。

「人和人之間的緣分是很奇妙的，可以把握的，就別輕易放手啊——雖

然，爸爸我還不允許妳交男朋友就是。」

「……知道了。還有，知日他真的只是個和我的關係比其他人好一點的同學而已。」曉夜先是愣了一下，然後嘴邊浮現一抹淺淺的苦笑，回應完父親的話，便轉身回房了。

第五章

謎樣的登山客

「砰！」寧靜的圖書館突然傳來一聲巨響，老舊的鐵製拉門被人大力推開，重重的撞上一邊的牆壁。

幾個零星分佈在館內的同學以驚愕的眼神看著推開門的男孩。

男孩也不管剛剛自己在寧靜的圖書館內製造了多大的聲響，只見他跑向一座大書架後的角落座位，先是很大聲，不知道在說些什麼的嚷嚷，然後，說著話的男孩又突然壓低音量，窸窸窣窣，讓人聽不清內容，接著音量轉瞬間消逝。

被剛剛的景象嚇傻的同學們，見風波平息都一個個將專注力轉回自己的書本上，唯獨那個坐在大書架後頭角落座位的女孩，正皺眉盯著眼前不曉得從哪跑來，還上氣不接下氣，又硬要說話的男孩。

女孩自身旁的書包裡拿出一罐未開封的礦泉水遞給男孩，男孩以感激的眼神道謝後便打開瓶蓋狂灌。

一眨眼的工夫，半罐寶特瓶裡的水都已經消失無蹤。

待氣息稍稍平穩，男孩這時才開口說了讓女孩聽懂的話：「他醒了，那天昏倒的男人。」知日還在喘氣，聽見他帶來消息的曉夜倒是沒什麼反應。

她在「喔！」了一聲，給過回應後，就將專注力再度移回書本上。

「妳的反應好冷淡。」

知日待氣息完全平穩後便拉開曉夜對面的椅子坐下，他趴在桌上，眼神透著些許哀怨。

「不然我應該在桌上跳舞，

興奮尖叫嗎？」曉夜將書頁翻過一頁，眼神沒有離開書本，她冷冷的問。

「是不用啦……」知日盯著曉夜抓著的書本，立起的書本，書背上寫著《基度山恩仇記》。

「你剛剛這樣上氣不接下氣的衝進圖書館，難道就只是為了說這件事？」曉夜緊盯著書本內文，輕聲詢問。

「嗯！」知日緩緩喝著剩下的半罐礦泉水，微微點了點頭，輕聲回應。

「喔——那我知道了，感謝你的告知，辛苦了。」

曉夜提筆，在一旁的筆記本上寫下一段話，大概是在為剛剛看到的故事作筆記。

「吶！妳待會有空嗎？」放下空了的礦泉水瓶，知日提問。

「應該有，怎麼了？」曉夜放下書和手中的筆，她抬起左手腕看了一下腕上的手錶。

「我們待會去趟醫院吧！」

「……」曉夜才打算拒絕，抬頭卻看見知日一臉期待，想起剛剛他說著自己冷淡的落寞語氣，曉夜嘆了口氣說：「好。」同意了知日的提議。

「早知道就不要看他的臉了。」低頭收拾物品的曉夜無奈的想著。

一片單調的白，消毒水的味道瀰漫著整個空間。

兩人走過一道長廊，來到走道最末端的病房。他們輕敲了門，房內傳來應允的聲響。兩人走入病房內，一名靠坐在床上的男人看了他們一眼，他虛弱的對著他們笑。

「聽說是你們救了我。」然後以細若蚊蚋的聲響對他們吐出了這句話。

知日和曉夜交換了一個眼神。

「我隱約記得，失去意識前看到的最後一抹身影。」

男人輕輕說著：「向醫護人員問起，他們說出了你的名字——你叫知日，對吧？」他看了看知日，知日微微一笑，點了點頭。

然後那名男人看向曉夜說：「我也記得妳，聽說妳名叫曉夜，但奇怪的是，醫護人員說當時現場並沒有任何女孩……」

曉夜沒有回話，只是面無表情的看著床上虛弱的男人，現在的她只想快點離開現場。

知日和床上的男人攀談了起來。曉夜只是靜靜聽著，並默默在心中祈禱著能快點走出這座白色巨塔。

這間病房是曉夜的爺爺過去多次進出醫院時偶爾會住進的房間，也是爺爺生命殞落的地點。

腦中不愉快的回憶一一浮現，一群比人渣還不如的女人，在那個窗口前對爺爺指指點點，口中說著家產如何瓜分，一陣陣濃烈嗆鼻的消毒水氣味、像是對生命倒數計時，輕輕滴答作響的心電圖儀器、因呼吸而嘶嘶作響的氧氣罩，以及沉重的氣氛，和會壓死人的寂靜。

曉夜踩著無聲的步伐，走近室內有窗戶的那面牆。她靠在窗邊，雙手抱

胸，眼神放空盯著窗外的橘紅色天空。

抓在左手臂上的右手指輕輕點著、點著……

「請問，你怎麼會昏倒在那裡呢？」知日看了一眼明顯快要開始浮躁的曉夜，他抓緊時間，開口詢問床上的男人。

「啊——不好意思，我都還沒自我介紹。我的名字叫道臨，在都市經營家具業，幾天前和朋友出來登山健走，但因為是臨時起意，因此並未詳查關於登山地點的資料，我和他在山裡迷了路，在這裡徘徊了幾天，一直下不了山。我們所攜的食物和水早就見了底，朋友說要去找食物，卻一去無回，我因為擔心，想去找他，但沒想到自己卻也迷了路……」道臨虛弱的說著他之所以會出現在桃源村的理由，他低頭看著自己交握的雙手，雙眼有些無神，不曉得是因為體力尚未恢復，還是正擔心著那下落不明的友人。

「這樣啊——你一定很擔心他吧！」

知日微微皺眉，原本望著窗外發呆的曉夜，一轉頭就瞥見知日眼底有一抹少見的負面情緒。

她走近他身邊，輕輕扯了扯他的袖子。知日意識到曉夜無聲的訊息，他向她點了點頭。

「是啊！希望他一切安好……」

道臨雙手掩面，看不見他的表情，卻聽見話音透出濃濃的鼻音，他似乎正因懊悔而啜泣。

曉夜和知日再度交換了一個眼神，知日開口：「那麼，道臨先生，我們就不打擾了，你多休息，好好養精蓄銳，待體力恢復再找人帶你下山吧！你朋友的事，我們也會請村民多幫你注意的。」

「啊啊！麻煩你們了呀！他的脖子上有一條很明顯的傷疤，是以前發生意外留下的。若是你們有遇見他，請務必告訴我，希望他平安無事才好……」道臨難過的說著，見他把臉自手中抬起，臉頰上的淚痕和孤單虛弱的身影在夕陽餘光下顯得更加哀戚。

「好的，請多休息，祝你早日康復。」

知日向他微微點了點頭，他走向已經站在病房門邊等他的曉夜，兩人拖著些許沉重的步伐走出醫院。

「我不喜歡那個人。」曉夜一踏出醫院就對知日這樣說。

「為什麼？」知日這次倒沒有想要勸曉夜往光明面看的意思，只是淡淡的問。

「磁場不合。」曉夜面無表情的拋出這四個字，而知日則是在聽到後微微一愣，兩秒後則是一陣爆笑。

「說起來，我也不喜歡他。」待情緒稍微平穩，知日開口，說出一句令曉夜出乎意料的話語。

「天要下紅雨了！你竟然會有『不喜歡』的人啊……」曉夜一臉不敢置信，知日則是給了她一抹苦笑。

「我覺得他很假，總覺得他扯了很多謊。」知日說出自己之所以不喜歡道臨的原因，雖說是沒什麼依據的第六感判斷，但知日多數時候的直覺很準——特別是看人的時候。

「我也依稀有那種感覺。但當初說要救他的人可是你喔！」曉夜低頭盯著腳尖前的小石頭，她一邊踢著它，一邊回應知日的話。

「總不能眼睜睜的看一條生命在自己眼前消逝吧？」知日無奈回應，並將剛剛曉夜踢歪了的小石子踢到一旁，順便制止曉夜的幼稚行為。

「有時候見死不救才是明智的抉擇。」曉夜冷冷的說。

「……妳到底是受了什麼樣的凌虐才有此等黑暗的性格啊？」知日停下腳步，一臉無奈的盯著曉夜。

「不知道欸！大概是天生的。」曉夜回頭，看著停下腳步的知日，嘴角漾起一抹微笑。

「媽媽，妳從以前開始個性就這麼黑暗喔？」

小小的手被牽著自己的大手稍稍用力捏了一下。

「什麼叫作『從以前開始』？該不是你爸爸又跟你亂說話了？」她扮著鬼臉，幼稚的和自己的孩子鬥嘴。

「你們掃完墓了？我才剛要去耶！」一名男子迎面走來，他親暱的抱起男孩。

「誰叫你停車停那麼久——啊！八成又是和村裡的人聊起來了對吧？你要掃墓我們等會再一起去吧！爸爸要我來收些東西，我得先過去一趟。」女子瞄了一眼手錶，微微皺眉。

「也好。唉！沒辦法，久沒見了，總會話多一些。」

男子微微一笑，向女子擠了擠眼，似乎是想藉由裝可愛讓女子放自己一馬，別再碎碎唸。

「爸爸！我跟你說喔！剛剛媽媽在跟我說你們以前的事，然後啊……」

「喔?那講到哪啦?我倒要聽聽你媽媽說的和我記得的有沒有一樣……」

「你的記憶一點都不可靠啦!」女子笑著吐槽。

「誰說的!來,告訴爸爸剛剛媽媽說到哪,我就接著說接下來的故事,看到底誰的記憶力不可靠!」男子的語氣徹底曝露自己不易服輸的性格,他要孩子告訴他剛剛故事講到哪,好讓故事延續。

「媽媽說到有一個很討厭的、很虛弱的叔叔……那個、那個突然昏倒的!」

「喔!那個人啊——」一波波回憶湧上心頭,男子開始說起下一段故事……

醫生向幾位來看過道臨的人描述過他的狀況,像是雖然身體狀況可以很快復原,但精神似乎有受到創傷,復原期也許會因此拉長……等等容易令人擔心的言論。

道臨的身分和遇難經過很快地就在村內傳開，這大概又是嬸婆的傑作。

道臨在桃源村沒有親人，村裡人看了不忍，有些人就自願輪流排班照顧他。

他們為他煮飯、打理雜事，偶爾也和他聊聊都市、說說桃源村。而在一個多月後，道臨的體力和精力都總算恢復，現在精神煥發的他和一個多月前那死氣沉沉的樣子簡直判若兩人。

他在村內一家小旅館租了房間，在村內住了下來——說是想在村內等等是否能遇見那失散的友人。

然而日子一天一天過，對方仍是一點消息都沒有。

桃源村內的村民只要外出都會特別留意是否有類似的人出現，警方也針對道臨的描述搜尋了村落、甚至鄰村，但結果都令人失望。

村內的家具師傅聽聞道臨在都市經營家具業，為尋求靈感，常約道臨喝茶聊天。他和村民相處融洽，似乎也很能適應桃源村的生活步調。

時光飛逝，轉眼間道臨在村內已經待上三個月，不管是村民或警方都沒有關於他朋友的行蹤。

這是道臨在桃源村迎接的第一個春季。

最近，他決定好好把握，盡情體驗桃源村民口中的桃源村春季究竟為何可以比擬為「人間仙境」。

這天，幾位和他交情較深的村民約他至桃樹林賞花喝酒，他也就興高采烈的答應了。

「道臨啊！這是你第一次看到桃源村的桃花林吧？」一位外貌粗獷的男人輕輕笑了一下，舉著手上的酒杯，興致高昂。

他是桃源村有名的家具師傅，平時就常和道臨接觸，為人樂觀開朗，非常重義氣，順道一提，這場酒會的發起人就是他。

「哎！其實不算是。」

道臨放下手上的酒杯。

「只是我上一次沒能好好欣賞就是。」他苦笑回答。

「喔！對喔！你上次是在這裡昏倒的。真是辛苦你了啊！現在身體好多了吧？」男人笑了一下，輕啜一口酒。

「是啊！多虧大家照顧了。」

道臨開心的笑著，而當他靜下心盯著眼前的一片桃樹林卻發現自己難以移開目光。

「很美吧！」一名老人注意到道臨的目光，喝著酒，微笑說著。

「……是啊！真的很漂亮。」道臨聽見老人的聲音，像是大夢初醒，恍神兩秒，他笑著喝了口酒，回應。

「這一棵棵桃樹像是有魔力，對吧？一旦目光被吸引，就很難轉開雙眼了。」

老人輕閉上眼，淡淡啜了口酒。

「就是，長這麼大，從沒見過這麼漂亮的桃樹。」

道臨輕嘆：「我因為經營家具業，也看過不少樹木——木料嘛！總要接觸的——但真從沒見過這麼美的樹。」

「哎！原來你也是做家具的。你知道嗎？這桃樹真的是上等的木料啊！而且還不只是木料，它們也被用以製作香精和香水，甚至食品或飾品。因為和生活息息相關，它們甚至可以說是桃源村的命脈啊！」老人端起酒杯，在杯裡又斟了一些酒，他因為不常關心村內事，因此道臨經營家具業的事他是第一次聽見。

「所以說，那些漂亮的家具都是用這些桃木做的嗎？」

道臨放下手上的酒杯，雙眼瞪得大大的，甚至能從他的眼神中看到一道光芒。

「是啊、是啊！用桃樹做的家具都很耐用。喏！你住的那家旅館裡有的家具，少說都有三十年歷史囉！之前都沒說到材料，儘講些設計啊、理念哪，竟

然都忘了最重要的部分，看來我們倆都是失格的家具師傅啦！哈哈哈！」沉默一段時間的粗獷男人大聲回應，道臨和老人被他的高分貝聲響嚇了一跳，卻也因為他爽朗的笑聲和快樂情緒渲染，平日緊繃的情緒在此時得到小小的紓解，兩人也跟著微微笑了。

「真的失格了，才在想這裡的家具怎麼都如此迷人，想透所有可能就是忘了材料！啊啊！失格啊失格……」道臨輕輕笑了一下。

同一時間，他也像是在思索著什麼，他的目光貪婪的鎖在一棵又一棵的桃樹上。

「欸！道臨，要不要到我們家具店裡看看桃樹家具的製作過程？最近剛好有客戶下單，不曉得你有沒有興趣啊？」粗獷的男人聲音又加大了不少，看樣子幾杯黃湯下肚，他也有了些許醉意。

「哎！好啊！求之不得呢！」道臨開心的放下酒杯，回應的聲響也比剛剛大了許多。

樹林內的聚會氣氛不斷升溫，一行人在樹林內開心的飲酒作樂。

不同於以往平靜的喧嘩引來許多人的注目，隨著時間漸晚，酒席上幾個人離席，也有幾個村民加入，從天明到天暗，喧鬧取代了桃樹林一直以來的寧靜。

第六章
各自的轉變

一名佝僂的老女人拄著杖，默默的瞪著樹林裡的一行人。

似乎是因為過度的吵鬧引起了她的焦慮，她雙眼無神，卻又像蘊藏了一絲惱火。幾個路過的村民見了老女人都視而不見，自她身邊快速走過，像是刻意避著她。

「災難啊！作孽啊！會遭天譴的啊！愚蠢的人們。」她以低沉沙啞的聲音低聲唸著。剛自市場離開的一群主婦，聽見老女人的低語，一個個露出嫌惡的表情，然後不斷的交頭接耳，竊竊私語的談論著那老女人的瘋狂與厭惡。

幾個主婦牽著的小孩突然放聲大哭，不曉得是因為母親的長舌，而等得不耐煩的孩子鬧起了脾氣，還是因為孩子害怕老女人所散發的詭異氣息，又或者，因為他們看見母親臉上慈祥和藹的面容，頓時換作一張張說人閒話的醜陋嘴臉，而感到可怕與不習慣。

主婦們的長舌八卦被小孩的哭聲打斷，一個個心疼的安撫著正放聲大哭的孩子。待安撫了孩子，幾個主婦又開始咒罵那個老女人，說著她的詭異害得孩子們受到驚嚇……

「老奶奶，妳還好嗎？」一名男孩走近那個嘴上還唸唸有詞的老女人，關心的問。

「……唉唉，這世界完了。」聽見男孩聲音的老女人神情不悅的瞄了男孩一眼，口中仍是唸唸有詞，卻不曉得說著些什麼。

她拄著拐杖一步一步慢慢走遠，而男孩也只能愣在原地看她離去。

男孩靜靜看著老女人逐漸消失在暗夜裡的背影，並思索著她剛剛的低語是否有任何涵義。

「在想她剛剛說的話嗎？」一名留有黑色過腰長髮的女孩自大樹後頭走到男孩身邊低語。

「嗯！有點在意。」男孩微微皺眉，回應女孩的問題。

「別想太多了，一個有精神病的人說出來的話是不能聽的。」女孩冷漠的說，她轉身，掉頭就走。

「難道妳不會感到不安嗎？妳也看到了吧！剛剛道臨盯著桃樹的眼神就像盯上兔子的狼，那樣明顯的貪婪神情根本就是在盤算著什麼不好的事！」男孩追上快步走遠的女孩，說著自己的想法。

「就算是感到不安，我們小孩子也做不了什麼——更何況，就算你說了，又有幾個大人會聽呢？那是大人種下的因，就讓他們自己去承受其結成的果吧！」女孩擺擺手，一點都沒有放慢腳步的意思。

男孩加快腳步，小跑步到女孩面前擋住她的去路，逼得她不得不停下腳步。

「曉夜，我真的，很在意。」男孩的眼神透著認真。

停下腳步的曉夜盯著他看了好一會，然後嘆了口氣，發問：「那你現在有什麼打算？」

「我不要。」一點猶豫都沒有，曉夜果斷的否決了知日的提議。

「可是這攸關全村的安危耶——」知日也知道這個提議對曉夜來說幾乎等

於不可能的事，但他還是不願放棄一絲希望。

「你在說什麼傻話——拜託，他什麼都還沒做，你怎麼知道他會危害全村啊？」曉夜挑眉，眼神中有一抹不耐。

「妳沒看見他看桃樹的眼神嗎？如果他真的對桃樹有非分之想，那……」

「那妳……對道臨有什麼看法？」男孩不解的問道。

「就像之前說的，我不喜歡他。而且當時在醫院，他明明說要找他朋友，但來桃源村也三個月了，他的朋友仍舊下落不明，而他卻還有心情賞花喝酒，不覺得他根本就無心於尋人這件事嗎？」曉夜望著樹林裡已經因為酒興玩瘋了的大人們，還有那個咧著嘴大笑歌舞的道臨，她眼中浮現一抹厭惡。

「關於這點我也覺得很奇怪。但更奇怪的是，他都已經走入桃樹林了，應該不可能沒看見桃源村，再加上在樹林內工作的村民也不少，可以求救的機會多得是；然而他卻暈倒在桃樹林內，說是因為人煙稀少、求救無門導致體力不支也說不過去。照他在醫院時大家熱心照顧他的情況看來，倘若他向村民求援，絕對不會有人視而不見的。」知日將曉夜的話想了一遍，憶起在醫院裡和道臨的談話更是發現諸多疑點。

「還有就是——你相信人在恍惚昏倒之際，還能清楚記得只看了一眼的臉嗎？而且他早在你去探訪他之前就知道你和我的名字，知道你的名字不奇怪，畢竟是你去向村民求救的。然而他知道他被救起的時候我不在現場的事，那肯定是因為問了村內的人——由此可見，他說他記得我們是真的，而且還不是模糊的記憶，根本就記得清清楚楚。」曉夜補充，知日微微點了點頭，表示贊同。

「那個人肯定心懷鬼胎。但憑我們兩個恐怕做不了什麼……」知日微微皺眉，盯著遠處那手舞足蹈的道臨，他輕輕嘆了口氣。

「真難得，他明明什麼都還沒做，你卻已經開始懷疑他了。這應該是我會做的事才對吧？你被我帶壞了嗎？」曉夜的嘴邊漾起一抹詭異的笑，看起來不懷好意。

「……知道嗎？雖然妳不笑的時候看起來很恐怖，但我更怕妳這樣笑的時候。」像是有一滴冷汗自知日臉頰邊滑落，他微微瞇眼，搭上微皺的眉，看得出來他對曉夜這個表情感到不太舒服。

「還有——我也是人啊！自然會有討厭的人，也會有感覺不對的事。人們不是常說嗎？『當妳討厭一個人的時候，不管對方做了什麼，妳都會感到不舒服。』換句話說，就是『為了討厭而討厭』吧！反之，假如妳很喜歡某個人，那不管他做了什麼，妳總能找到藉口為他打圓場，甚至連黑的都能為他說成白的。我一向不喜歡依第一印象來判斷誰，也不認為他人對某人的說法就該拿來當作評斷那個人的依據——因為，每個人都是不一樣的嘛！假如只用這些外在因素來判斷一個人的為人，而不去看這個人的本質，那是對當事人非常失禮的一件事……啊啊！可是我真的沒辦法喜歡道臨。」知日說著說著，突然抓狂般的仰頭、雙手掩面。

曉夜雖然被他突然的舉動嚇到，但因為知日給人的感覺一直是沉穩陽光

的，他難得懊惱、些微失控的樣子，對曉夜來說實在很好玩。

「說了那麼多，總結還不是討厭。」曉夜輕笑，隨著與知日相處的時間變長，她的笑容連帶著也越來越多。

她總能在他身上看見許多不同於常人的特點。像是年紀輕輕，外表輕浮，說起來的話倒也還有幾分道理。

和他說話是零負擔的，但即便如此，他對她而言，是個「危險人物」的事實並沒有改變。

因為他的過度溫柔和強烈的吸引力，只要和他相處越久，對他的依賴就會越多——未來他若因為什麼不明因素離開自己的時候，想必，那份孤寂與悲傷也會以與此刻的快樂同等，甚至更劇的質量，毫不留情的壓垮自己吧！

這些想法，她並沒有對任何人說過，更別提知日這位當事人。是的，不需要有人知道，也不需要有人理解，這些自己知道就好。緣分是需要被珍惜的，但是只要遠遠的站著、好好的守著這樣難得的一段緣分就好——該是自己的，

絕對跑不掉；不屬於自己的，強求也沒有用。

大概，除了阿嬤，就是因為總是這樣隨興的「隨緣」，才會搞得自己最後被眾人孤立。

雖然這些道理自己都很清楚，但卻也難以坦然承認和面對，這也是一種對現實的逃避吧！

「喂！怎麼了嗎？」聽見知日的聲音，曉夜這才從自己的思緒中回神。抬頭一看，知日已經離自己有一段距離了。

「不，沒事。」看著等在前方的他，她微微一笑，加快了腳步向他走去。

在那場賞花、飲酒作樂的盛宴過後，道臨三不五時就會出現在桃花林，那頻率頻繁到連村內最愛賞花的人們都比不上。

他可以長時間待在林內，村民常見他天還沒亮就走進樹林，直到夜晚降臨還遲遲不肯離去。他在林內會專注的觀察每一棵桃樹，從根部到枝末，無一能逃過他的雙眼。

每一次他總會帶著一本隨身筆記本，專注的寫下各種關於桃樹的筆記。筆記內容，大到桃樹的外觀描述，小到棲身其中的昆蟲種類，連桃源村的村民都不得不佩服他在短時間內對這珍貴植物的透徹了解。

「哎！道臨，又來看桃樹？」那天酒會上的老人拄著杖，緩緩走向他。

「是啊！真覺得它們非常迷人。」道臨只是轉頭瞥了老人一眼，點了個頭又將視線移回桃樹上，彷彿只要眼神離開一秒，整座樹林就會消失一般。

「哈哈！你像是著了魔。記得，物極必反哪！」老人哈哈笑了笑，拄著杖又慢慢走遠了。

道臨沉默的望著老人離去的背影，然後又低頭記錄起各樣關於桃樹的筆記。

「說什麼物極必反呢?就算桃樹幾近完美，但真正的完美還是需要經過人類的雙手才能造就，否則它們的存在也就沒有意義了。」道臨想著，嘴角浮現一抹詭笑，他細細撫摸、感覺著桃樹的枝幹，腦中已經勾勒出一件件漂亮家具的雛形。

「欸欸！那個人又來了耶！」一名婦人用左手肘頂了一下自己身旁的婦人，並以眼神示意，要她順著她的視線看去。

「就是啊！第幾天了？每天來到底在幹什麼啊？」另一名婦人順著對方要自己看的方向望去，道臨的身影映入眼簾。

「八成是心理有病，把桃樹當戀人了吧！」開始話題的婦人笑著說。

「哎！那也未免太可憐了！樹木可不會化作女人的呀！」聽見對方這樣說，另一位婦人不懷好意的稍稍提高了音調，彷彿道臨沒有耳朵，聽不見他們說話似的。

「哈哈！就是嘛！噯！聽說他單身，會不會是因為有戀樹癖所以交不到女朋友啊？」聽見對方拉高了音量，開始話題的婦人也越來越肆無忌憚，即便說出口的話語非常不中聽，她們也沒有一點要顧及對方心情的想法。

「搞不好、搞不好！對了、對了！聽說都市裡的人都不結婚了，搞不好各

有各的詭異怪癖啊！」被搭話的婦人像是想到了什麼，她興奮得說出了自己的想法。

「噢！我有聽說。我兒子說啊！現代的都市人都只愛窩在一個叫『電腦』的箱子前面，據說那個箱子很貴，可是大家都很喜歡。拜託！那種東西有什麼好？桃樹林多漂亮啊！一群蠢蛋……」想起自己身在異鄉的孩子所描述的都市場景，開始話題的婦人將話題轉移。

一句句細碎的調侃話語自道臨背後一字不漏的傳入他耳中，字字句句都是可以割傷人的利刃。他靜靜聽著，手上的筆仍動個不停。

最近村內女人們的流言主題，似乎已經漸漸從曉夜還有她那詭異的阿嬤身上轉開——畢竟那已經是說了至少十年的老話題了，既然話題有更新的機會，她們又怎會輕易放過呢？

第七章 消失的訪客

「哎！在說些什麼呢？」

一道尖銳的聲音打斷婦人們的談話，她們同時轉頭望向聲音的來源，然後微微一笑，全都向發出聲音的人圍了過去。

「阿珠啊！我跟妳說……」

「哎！先聽我說，曉夜啊……」

「哈！說那什麼過時的話題，那ㄚ頭還有什麼新鮮事能說？還是聽我說吧！阿珠啊！我跟妳說，道臨他……」

「好、好，慢慢說！哈哈！」

面對一群等不及分享八卦的長舌婦，阿珠先是一愣，然後是笑著舒緩她們急躁的情緒——真不愧是村內的八卦集散站。

阿珠聽完她們口中的八卦和小道消息，整理出來幾個資訊。

一、曉夜最近和村內新搬來的男孩知日，走得很近，感覺有些曖昧，搞不好在交往。當然，會這樣絕對是曉夜不檢點，主動去纏著男生要他和自己在一

起，不然就是她下了蠱、下了咒迷昏了他。

二、道臨愛上了桃樹，還想著它們有一天會成精、成仙，並為了報答他的仰慕及照顧而化作女人，成為他的情人甚至妻子。

三、曉夜的阿嬤確實可以把小孩嚇哭，搞不好還詛咒了孩子，甚至藉此取走了孩子的魂魄。因為孩子看見阿嬤的隔天便發了燒，不管找哪位醫生都醫不好，最後還是去給人收驚、喝過符水才得以退燒。

阿珠聽了頻頻點頭，彷彿完全相信她們口中的字字句句。她努力回想最近曉夜的狀況，確實，她身邊多了一個人，而且笑容變多了，所以可能真的交了男朋友沒錯。

但兩人又似乎沒有親暱到那個地步，頂多就是拌拌嘴，連牽手都沒有，說什麼交往？對這個資訊，她抱持著要再觀望的態度，但仍不完全否認婆婆媽媽們的猜測。

想想道臨，近日造訪桃樹林的頻率確實較以往高了許多，撇開之前住院的

因素不講，在那場酒宴過後，得知桃樹是上等木料之後他就像著了魔，天天往樹林裡跑。

一個單身男子昏倒在這偏僻的村落，不急著回去討個伴，成天盯著桃樹幹什麼哪？難不成就這麼希望它們成仙、成精做自己的妻子嗎？人家不都說都市人是不信這一套的冷血動物嗎？難道他真有那麼傻？

或者就像別人說的，都市裡的人只為利益而活，人情與生活情趣都只是無聊的附屬品。

那麼，盯著桃樹看又能為他帶來什麼利益呢？就算說要把桃樹做成家具，高價販賣。但只是那樣看著桃樹，就能做出家具嗎？

又說到阿嬤。

唉！這老女人的古怪也不是一、兩天的事。不討喜也是眾所皆知的事實，真要她改，也許就算投胎千千萬萬次她仍會是這副德行，又該怎麼說，不就只能放著她去了嗎？

嚇壞孩子是第一次聽說，她老把自己關在家裡，該不會是因為太過孤單，積怨過深，因此窩在家裡時總在詛咒村民，後來因為怨念過重而走火入魔了？說起來，老伴過世那麼久，她也從沒去祭拜過他呀！肯定是因為成了魔，所以不敢拿香吧！

想著想著，阿珠就這麼陷入少見的靜默，直到一群女人的嘰嘰喳喳又將她拉回現實為止。

「阿珠啊！妳在想什麼啊？我們說些什麼妳聽見了嗎？」

「啊——抱歉、抱歉，不知不覺閃神了，哈哈！」

阿珠向一臉擔心的婆婆媽媽們賠了個笑，她和她們有一搭沒一搭的聊著，完全無心於話題，倒是將全副精力都拿來整理剛剛獲得的資訊了。

阿珠還有一件十分在意，但剛剛的婆婆媽媽們完全沒提到的事——孩子們在很久以前曾經提過，而現在越說越神祕的，那個「阿嬤的祕密抽屜」。

孩子們三番兩次潛入阿嬤家，一開始絕對只是想打發時間。

但當他們發現了上鎖的抽屜後，事情就不再如此單純。

並不是因為上鎖的抽屜在日常生活中是多麼稀有的物品，而是因為阿嬤家除了大門以外，除了那個被鎖上的抽屜，其他可上鎖的抽屜都是沒有上鎖的狀態。

姑且不論這是什麼習慣，但是連珠寶、首飾等貴重物品都沒有被放入上鎖的抽屜內了，那是否正代表阿嬤的抽屜裡鎖著比這些東西更珍貴的物品呢？

他們開始有計畫的摸入阿嬤家，和阿嬤鬥智、也鬥勇。

這麼做的目的不是打發時間，更不是覬覦對他們無用的金錢或珠寶首飾，而是為了滿足自己對上鎖抽屜無上限的好奇心。

只要抽屜沒被打開，這樣的探索慾望就不會被消除。

即使每次都會被打得滿身是灰，然後狼狽的被阿嬤趕出家門，但他們認為那很值得。

「抽屜裡一定藏著一張藏寶圖！更大的寶藏一定埋在藏寶圖標示的地

點！」一個孩子這樣說過。

「不！我覺得抽屜裡鎖著一種祕密武器，拿到就可以統治世界！」那時，他身邊的一個孩子如此附和。

「唉喲！哪可能是那些東西啊！我覺得那個像巫婆的阿嬤肯定藏有什麼詛咒人的道具啦！」另一個小孩反駁了另外兩個孩子的論點，一邊裝出猙獰的模樣，一邊以驚悚的語氣說著。

「你們都太天真了！她肯定藏有不死的靈藥，不然怎麼可能都這樣了還死不了啊！」一直沒說話的一個孩子，聽著同伴七嘴八舌的談論起阿嬤的祕密抽屜，說到精彩處，他也總算忍不住，開口加入話題。

幾個孩子在大樹下吵成一團，正巧經過的阿珠聽見這一連串討論，那天在樹下，幾個孩子玩著相撲，說起被阿嬤趕出房門的場景歷歷在目。

就算過了這麼長一段時間，村裡的孩子們還緊緊追著那個抽屜的話題跑，這是否意味那個抽屜的存在不是孩子們憑空捏造，只是單純想吸引大人注意的

話題，而是真切存在的事實呢？

婆婆媽媽們看著漸漸暗下的天，一個個笑著以帶有責備的語氣說著自己不應該，又不小心長舌，忘了趕回家做晚飯，家裡那口子和親愛的孩子肯定都餓肚子了。

於是她們草草結束不曉得自哪起頭的話題，一個個趕回家張羅家事，各自鳥獸散。

阿珠也在這個時候向她們告別，回家路上，剛剛的問題仍惦在她心頭，占據她所有思緒，久久不能散去。

最近，桃源村瀰漫著一股詭異而低沉的氣氛。桃源村村民賴以維生的桃樹林，有幾棵桃樹消失了。

地面上，樹木曾經存在的痕跡被人殘暴的抹除，樹木被連根拔起，完全不見樹的影子，只有留下一個又一個的大窟窿。

據說幾天前，有村民在深夜聽見巨大的碰撞聲自桃樹林深處傳來，而當幾個村民聚集前往桃樹林時，除了窟窿就什麼都沒見到了。

幾棵桃樹消失雖然暫時不會對桃樹林的整體生態造成影響，但是對村民們來說，沒能好好保護這片珍貴的樹林，而讓它遭受如此殘暴的對待，那感覺真是心如刀割，一顆顆心都為樹林滴著血。

村內最近怪事頻傳，自從桃樹消失後，幾個村民們像是同時患了失憶症。突然罹患失憶症的人大多是四十五歲以上的人，他們先是忘記上一秒還拿在手上的物品放到哪裡去，然後是忘記幾個星期前和人的約定，接著是忘了好幾年前的重要回憶……

村內的大夫和都市來義診的醫生都無法醫治這樣瞬間的失憶，甚至不知道是因為什麼導致。

憑著經驗開給病患們的藥根本沒有任何舒緩作用，更別提要病人順利康復了。

村內的怪事還有一椿，道臨不見了。沒有留下任何消息，消失前沒有任何不尋常跡象，沒有人知道他是什麼時候離開的，更沒有人知道他為什麼離開。

幾個村民立刻把桃樹消失和道臨消失兩件事聯想在一起，說是道臨盜走珍貴的桃樹，他忘恩負義、恩將仇報，是個當初就該讓他死在

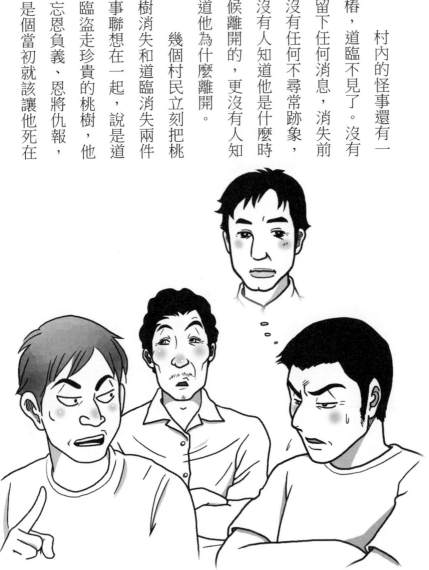

桃樹林裡的人。

但在此同時，也有人認為道臨的消失和桃樹的消失沒有關係。

他們猜想他只是遇上了之前與他失聯的友人，因為太過開心而忘了通知就回都市裡去了。

原本團結的村民為此頓時分成兩派，然而前者的推斷明顯佔了上風，因為後者的推斷根本無從解釋桃樹消失的原因。

就算全村的家具店都接滿訂單，也用不著那麼大量的桃樹，更何況村內的人也不會如此粗暴的對待幾乎可以說是桃源村命脈的桃樹。

「真的出事了呢！」

知日躺在大樹下，他半瞇著眼，透過樹葉間的空隙，看著頭頂上閃著強烈光芒的太陽。

「不意外。」曉夜翻著書，冷冷的回應。

「妳呢？妳站在哪一邊？」

知日轉頭，看向正面無表情盯著手中小說的曉夜。

「你指什麼？桃樹消失和道臨有關或無關嗎？」曉夜沒有轉頭看他，只是專注的讀著書裡的故事。

「嗯！」知日以單音節的聲響作回應，等待曉夜的答案。

「不用想也知道是前者吧！怎麼想都覺得他是盜走桃樹的竊賊。」曉夜翻過書本的最後一頁，她輕輕闔上書，並同時給了知日問題的答案。

「可是，要怎麼盜？為什麼盜？」知日坐起身來，拉拉衣服，彈掉可能沾在衣服背後的塵土。

「所謂『知己知彼，百戰百勝』、『想要騙過敵人，得先騙過自己人』——先了解桃樹的生長過程與特性，就能以最省力的方式帶走它，甚至培育它。先假裝對村內的一切都有興趣，摸清楚每個人的個性，和每個人維持良好

的關係，就可以輕易為自己脫罪，也免除許多阻礙和不必要的麻煩。至於為什麼——記得他是家具商人吧？也記得村裡的家具師傅說過吧？桃樹可是上等木料哪！」

曉夜將剛剛闔上的小說小心的收進包包裡，同時拿出一本筆記本，她正低頭在本子上寫著什麼——大概是心得或筆記。

「原來當時對每個人釋出的虛偽善意，和每天跑桃樹林，被人說有植物癖也不介意就是為了這個嗎？」知日像是突然想通了什麼，他瞪大眼睛，盯著曉夜看。

「……原來你沒想到嗎？」

曉夜微微皺眉，雙眼無神，無言的盯著面前正在為自己的愚蠢而情緒激動的知日。

「我怎麼會蠢成這樣啊——」

他雙手抱頭，語氣中有一點少見的絕望。

「現在知道還不算遲，至少還有救。」

曉夜輕笑，輕輕拍了知日的肩膀一下。

「妳知不知道這話並不像安慰？」知日滿臉無奈，曉夜則是在聞言後少見的大笑了。

第八章

瘋狂的執念

「喂！不好了、不好了啊！」一名村民神情慌亂的從桃樹林向村子直奔而來，他大聲嚷著，吸引了村內所有人的目光。

一旁的曉夜和知日在聽見那人的嚷嚷後也不禁靜了下來。

「什麼事讓你慌張成這樣？」一名老人搖著扇子，氣定神閒的望著他。

桃源村向來平和，除了之前桃樹無故消失的事件以及最近村民突然失憶的事，幾乎沒什麼能在村內掀起風波。

「樹、樹林裡，那——」那人喘得連話都說不完整，一旁有人遞給他一杯水，他想接過水杯，雙手卻顫抖得連杯子都握不住。杯子在大家眼前摔成碎片，那人的慌亂與恐懼讓周遭的人也跟著不安了起來。

「喂！出了什麼事？快說啊！」剛剛還一派悠哉的老人似乎也被這抹恐懼感染，他扶著椅子把手坐挺了些，著急的想知道那個人究竟為什麼那麼慌張。

曉夜和知日在一旁默不作聲，眼神卻緊緊鎖在那一群人身上。幾位婦女已經把孩子趕回家中，帶離現場。他們兩個清楚知道，如果這個時候出聲，也一

定會被趕離現場——「這不是小孩子該插手的事。」「你們年紀還太小，不該知道這種事。」他們一定會這麼說。

兩人躲在剛剛乘涼的大樹後頭，靜觀現場動向。

「死、死人了！有人被殺了！」那個人歇斯底里的大叫，在場的所有人都被這聲大叫嚇了一跳。

聽見那個人說的話，幾個人倒抽了一口氣，然後恐懼感在瞬間急遽擴散、渲染，每個人臉上都浮現了不安的神情，幾位婦人又開始竊竊私語。

「怎麼辦？有人被殺了！」

「誰那麼大膽哪——好可怕，桃源村竟然會有這種事！」

「欸！殺人的會不會就是那詭異的老太婆啊？她不就住在桃樹林邊嗎？」

「那把年紀還殺得了人？她不是總嚷著自己快死了嗎？」

「很難說啊！我家的孩子常說自己被她拿掃把『追殺』！」

「真的嗎？那搞不好……」

「哎！她連拿著拐杖都走不穩了，還能殺人嗎？」

「誰說不行！連精神折磨都能殺人了，何況拿著拐杖啊！」

「要給予精神折磨也要有點腦袋啊！她怎麼可能啊！哈哈！」

「拜託，真有心的話，誰都可能是兇手的。」

幾個男人聽著女人的低語也皺起眉頭，看著那個驚慌失措的人，男人們決定先到樹林中一探究竟，釐清各種疑點——被殺的人是誰？為什麼被殺？誰殺了他？什麼時候被殺的？

曉夜和知日在男人們計畫行程的時候已經早他們一步離開了現場，前往桃樹林。兩人來到桃樹無故消失而留下的空地附近，在一棵桃樹裸露出的樹根邊緣，一具被割喉、面部表情猙獰，並多處腐爛的屍體就橫躺在那裡。

兩人摀嘴，以不敢置信的眼神望著眼前的屍體。

兩人似乎都因那太過血腥的畫面受到不小的驚嚇，因此久久無語，只是靜靜看著眼前的屍體。愣了半晌，他們聽見大人們的腳步聲和討論聲響正快速接

近兩人所在的地方，曉夜和知日快步離開了桃樹林。

這起割喉殺人事件震驚了桃源村。為了確孩童的安全，在拗不過家長強硬態度的狀況下，校長宣布讓學生全數停課一週。停這一星期的課，除了希望家長安心，更期望能在這段期間釐清殺人事件背後的真相。

發現屍體一個禮拜後的開學日，在校園圖書館，曉夜和知日兩人相對而坐，卻相對無語。那具死相慘不忍睹的屍體影像，一直在兩人腦中盤旋不去。

「知日……」曉夜率先開口，卻欲言又止。她的聲音出乎意料的平靜，沒有一絲顫抖，語中也探不出任何情緒。

「嗯！」知日盯著曉夜沒有情緒的眼眸，他知道她想說什麼，因為那實在太明顯了——「那個人，是道臨的『朋友』。」知日低喃。

讓兩人說不出話的，並不是死狀淒慘的屍體，而是道臨的「話中話」。

因為長舌婦間的八卦，兩人對殺人事件的後續調查都有耳聞。屍體的衣著、配備和道臨類似，一看就知道是來自都市的人。這點，曉夜和知日在看到屍體的那一瞬間就已經知道了。

雖然兩人都清楚知道背後可能的真相，但他們從來沒有對彼此以外的人提起這件事。一來是不能肯定自己的猜測是否屬實，二則是村民通常不會相信小孩的話，三則是如果被大人知道他們自己跑去看了屍體，絕對免不了後續的麻煩……

聽說，屍體被埋下的時間大約三個月前，可能多一點，也可能少一些。警方目前對他被殺的原因，以及誰殺了他都還理不出個所以然。

但曉夜和知日心裡卻已經有了一個猜測——他們認為，道臨從桃樹林裡跌出來，昏倒在他們面前的那天，恐怕就是屍體被埋下的日子。他對朋友的描述中，「脖子上有一道明顯的傷疤」，所指的可能就是要了那個人性命的致命傷口。

難怪隨著時光匆匆流逝，道臨對於那遍尋不著的友人也沒有一絲擔心，人都死了還需要擔心些什麼呢？

誰殺了他？這答案再明顯不過！道臨是殺人兇手，而且恐怕就是為了桃樹殺人！道臨八成沒想到，那埋藏了三個月的祕密會在他帶走了桃樹後同時被揭穿；又或者是其實他早就知道，但卻認為就算被發現也無所謂了。

「村民若知道他就是兇手，一定會有很多人崩潰——誰能那麼輕易接受自己照顧了一個殺人兇手的事實呢？我現在也好後悔，當初真該照妳說的，把他丟在那裡就算了。」知日嘆了口氣，他將臉埋進掌心，懊悔的說著。

「但如果當時我們沒『救』他，我們恐怕也早就被殺了。如果他一開始就認定讓我們活著的價值是讓他有一個裝病的藉口，我們只要不照他的想法做，就很可能會被他視為麻煩直接除掉。就算我們有兩個人，但年紀都還很小，就算要打也打不過他。因此，從一開始就是他在掌控遊戲，我們根本沒有反抗的能力。」曉夜單手撐著下巴，眼神飄向窗外那一片灰濛濛的天。

「……接下來，我們該如何是好呢？」知日聽完曉夜的話語，他頓了一下，低聲問著。心裡同時咒罵著自己當時將曉夜留在原地的愚蠢，但同時也慶幸，現在曉夜還能好端端的坐在自己面前。

「不管想什麼都沒有用，人已經跑了，說不定不會再回來了。既然是想了也得不出結論的事，就別再想了吧！」曉夜以平靜的語調說著，窗外已經開始下雨了，落下的雨點大得嚇人，彷彿在為陷入一片低迷氣氛的桃源村哭泣。

自從屍體被發現，桃源村就沒有一刻平靜。

村民們一個一個變得神經兮兮，一向被村民排擠在外的詭異阿嬤，更是難以倖免於村民們緊繃而瘋狂的情緒。

她最近受到眾人更加變本加厲的欺侮，不知道是從誰開始的，但就是有人說她是殺害那不明外來者的兇手。

雖然人們心裡有底，也認為這樣一個老人不可能有能力殺人，但是倘若不

找個人怪罪，大家的心神都無法安定。

俗話說：「好事不出門，壞事傳千里。」這樣不實又荒誕的指控謠言一傳十，十傳百，在這個小村落，消息擴散的速度更是快得嚇人。

阿嬤家，過去爺爺種出的漂亮盆栽被人惡意剪壞，屋外的矮牆也被人敲壞。她咒罵、反抗，惡作劇卻從未停止，而且還一次比一次嚴重。那是他人為尋求安全感所做出的無理智行為，還是根本就是藉此宣洩過去看她不順眼的私慾行動，這就不得而知了。

「欸！妳看那個人，真的不知悔改，都殺了人竟然還可以這麼心安理得的活著！」自市集出來的一名婦女，瞥見在院子裡整理盆栽的阿嬤，她以嫌惡的眼神看著她，語氣中滿是無理的責備。

「說什麼呢！她丈夫過世的時候她連葬禮都沒出席，妳覺得死一、兩個外人會對她有什麼影響嗎？」另一名提著菜籃的婦女擺了擺手，嘴上的話也非常不客氣。

「這樣很恐怖耶！有個殺人兇手住在村子裡，完全不能安心啊！」又一位婦女加入了對話。

「就是啊！但也不好趕她出去，都是村長說什麼『還沒證實的事情不能妄下斷語』，要是之後真出什麼事就來不及了啊！」一開始說話的婦人不悅的皺眉，說起村長的不是。

「為什麼村長那樣說啊？幹嘛袒護一個一看就覺得她有罪的人？」提著菜籃的婦人不開心的抱怨。

「天知道？大概是村長的濫好人個性發作吧！而且啊！妳看她那一家人，那個叫曉……曉什麼的，那個奇怪的女孩子啊！三不五時就穿得一身黑，頭髮也不綁一綁，看起來像鬼一樣，天知道她安什麼心——小小年紀就這樣怪裡怪氣，長大後肯定不是個好東西！」中途加入話題的婦人一手放在臉頰邊，表情困擾的說著。

「真的！我也早就覺得那孩子有問題了。不過最近她不是跟另一個孩子走

得很近嗎？那個很可愛的男孩。」提著菜籃的婦人激動的點頭附和。

「喔！妳說知日？對啊！那孩子既熱心助人又很懂事呢！真不知道他怎麼會跟那樣的女孩子走在一起，該不會他看人的眼光其實很糟吧！唉！真該警告他，要他離那個孩子遠一點。」開始話題的婦人一說到知日就笑開了嘴，但當說到他和曉夜的關係，困擾的神情又浮現在臉上。

「搞不好知日還是被那女孩逼的呢！說不定他根本不想理她，只是女生死纏爛打……」提著菜籃的婦人為知日的行為作出猜測，認定那都是曉夜的問題。

「阿姨們，還沒了解那個人，就隨便評論別人是不好的行為喔！」

女人們的談話被一道帶著朝氣的話語打斷，說得正開心熱烈的婦人們轉頭望向聲音的來源，赫然發現知日和曉夜就拎著書包站在她們身後。

知日笑得燦爛，但笑容內卻好像有一絲慍火。曉夜沒有說話，面無表情，她甚至連看都沒看她們一眼，似乎只是跟著知日停下腳步而已。

原本還熱烈討論著的長舌婦們匆匆停了話題，各自編了藉口匆匆彼此道別、散會了。

「還在生氣？」走過一段大道旁的小路，知日的表情仍然很不自然。看著他鬧著彆扭的表情，曉夜輕笑，淡淡的問。

「被人說成那樣妳還不生氣啊？」知日皺眉，反問。剛剛那些長舌婦的話語仍讓他感到非常不舒服。

「因為習慣了嘛！」曉夜嘴邊浮現一抹淺笑，不知這抹笑是出於無奈還是對大人不成熟的嘲笑。

「這怎麼看都不是應該習慣的事，拜託妳別說得那麼輕鬆啊……」知日微微皺眉，語氣中有一抹無奈。

「由此可知，大人也是很幼稚的，對吧？他們總是說著一套道理，然後又通通違背。要小孩聽從，自己卻連榜樣都做不了。很諷刺，也很可笑。」曉夜

踢著路上的小石子，笑著說。

「但我相信並不是所有的大人都如此——至少未來我不想當那樣的大人。」知日微微嘟著嘴，跟曉夜搶著踢她腳前的碎石。

「哈哈！並不是所有人都像你那麼會想。人類的卑劣自古以來都不曾改變，一樣可悲、一樣無趣，也一樣麻煩。但也因為這樣，世界才會有那麼多有趣的故事。都是好人的世界，是不會有任何火花的。」曉夜輕笑，稍稍用力往前一踢，腳下的石子往前飛去。

「妳的想法還真夠黑暗的……」知日苦笑著說：「但也不無道理。」

聞言，曉夜輕笑，兩人你一句，我一句的聊著、鬧著。

「砰！」遠處一陣突如其來的巨響讓兩人終止了談話，他們同時轉頭往發出聲音的方向望去，結果看見那一片粉色的桃樹林已經冒出陣陣黑煙。

曉夜和知日愣了半晌，兩人互看了一眼，也不管已經走到家門口，兩人放了書包就又向樹林直奔而去。

當他們到達樹林前，那裡已經聚集了不少民眾。大家都被那聲巨響嚇到，因此紛紛自屋內走到戶外，觀看究竟出了什麼事。一開始，誰都不知道巨響因何而來，但望著桃樹林內不斷竄出的黑煙，一群人心裡都有了不祥的預感。

過沒多久，就有火星和火舌自樹林內竄了出來。大家見狀全傻了眼，幾個先自震撼中清醒的人們手忙腳亂的接來一桶又一桶的水，往不斷壯大的火焰澆去，而當平息這場祝融之災，已經是五個小時之後的事了。

村民們聚集在被燒得一片焦黑的空地上，看著又消失近一半的桃樹林，在場的村民各個眉頭深鎖。就在他們思索著火災與巨響之間的關聯時，卻發現自己幾乎沒有關於之前事件的記憶，在此同時一個感覺熟悉的身影自黑暗的樹林另一頭緩緩走了過來，但這次，他並不是一個人。

「道臨——」一個村民低喃出聲，幾個村民面面相覷，努力思索那位村民

說出的名字有什麼意義，過去和自己有什麼關係……

盯著自樹林裡走出來的一群人，看到他們手上的炸藥和電鋸，在場的村民倒抽了一口氣。雖然對他們的過去幾乎完全沒有頭緒，但看到他們手上的工具，用膝蓋想也知道接下來會發生什麼事。

「唉！村長不在呀？我有事要找他談呢！」道臨掃視了人群，沒看到他要找的人，他搔了搔後腦杓，看上去有些困擾。

「你是什麼人？找村長有什麼事？破壞樹林的人是你嗎？」過去曾經和道臨一起鑽研家具製作的家具師傅跳了出來，大聲發問。

「我是誰？拜託，記憶力有那麼差嗎？我也才離開多久啊？是啊！樹林確實是我破壞的，但嚴格說起來，我只是下令，著手破壞樹林的人是他們。」道臨以大拇指向後一比，幾名跟著道臨來的壯漢不懷好意的笑著。

「為什麼要做這種事？」家具師傅大聲吼叫，對於道臨的行為一點都無法接受。

「什麼為什麼，當然是為了數不盡的利益啊！」道臨翻了個白眼，認為家具師傅的發問蠢到極點，在他回答的同時也不屑的笑了。

「我啊！對於這個鳥不生蛋的地方根本一點興趣都沒有。會到這裡來只是為了在家具市場闖出一片天罷了。唉！現在的人多無趣啊！成天嚷著要保護環境，禁止砍伐山林，上等的家具用材幾乎都在被禁止砍伐的名單上，沒有上好的材料，要怎麼製造出上等的家具呢？」

道臨頓了一頓，繼續說道：「人們雖然嘴上說著要保護環境、要資源永續生長、要讓現在的美景留傳給後世欣賞；但一方面，當他們有錢了、可以享受了，又希望生活可以過得又好又舒適，最好藉由享受奢侈來犒賞忙碌的自己。」

「人們心裡，最希望擁有的、最奢侈、最高貴的物品是什麼呢？沒錯，就是那些自己『得不到』的東西。所以不管用什麼手段，只要可以得到市面上『禁止流通』的木料，透過黑市交易就可以一夕致富！」

「只要能夠爬上權富的頂端，動手排除一、兩個障礙又算什麼呢？要不是為了桃樹，誰想到這偏僻到了極點的未開化村莊？而我如今總算是熬出頭了，就只差一步了，只要多帶走一些桃樹，就可以衣食無憂了！」道臨嘴邊先是漾起一抹輕蔑的笑，然後是一道縱聲長笑。

在場的村民可以透過他的話語和行為，清楚感受到他那已經完全失去了理智的瘋狂。

「環境是需要永續經營的，我們的桃樹，它、它們……」家具師傅還想說些什麼反駁道臨，但話一說出口卻又不曉得該如何接續。思緒一片空白，關於桃樹林的種種好像只能看見一頁頁白紙，一點記憶都沒有。

「別傻了，不過就是樹嘛！有需要為了動都不能動，甚至一句話也不會說的植物感到哀慟嗎？想想，一棵桃樹立在樹林裡不就只能裝飾著好看嗎？變成家具可以讓人更加有效的使用，功用可說是比單純存在這裡還要多很多啊！就像我說的，那種永續經營的環境理論不過一場胡謅，現實的利益才該是最優先的考量！雖說錢不是萬能，但沒錢可是萬萬不能啊！」道臨挑著眉，嘴邊那抹輕蔑的笑變得更大了。

「啊——為什麼炸山、放火，我想你們不會不明白吧？就像剛剛說的，越是稀少的東西就越珍貴啊！而且杜絕競爭者最好的方法就是先截斷他們取得資源的管道，你們說對吧？我只需要留我需要的部分就可以了，其他的當然要摧毀，以免市場被瓜分啊！說起來，限量發售的家具遠比禁止販賣的家具來得更值錢！因為每一件家具都是獨一無二的絕版品，收藏家是絕對不會放過的！」道臨繼續詭異的笑著、說著，他的瘋狂在眾人面前表露無遺，在場的人紛紛皺起雙眉，一臉不認可。

「真是太瘋狂了，你這樣的說法我們不能接受！」家具師傅大聲反駁道臨的理論，身旁的村民也附和了起來。

「沒錯，你根本是瘋了！竟然為了利益殺人！」

「你太輕浮了！做事不能只看利益啊！」

「不能接受！為這種事情殺人，就更沒有同意你的理由了！」

村民們群起憤慨的反駁道臨的言論。自剛剛一直在場默默聽著這段言論的曉夜和知日交換了一個眼神，兩人都深深嘆了口氣。聽見道臨的聲音再度響起，兩人再度豎起耳朵，深怕漏聽了一個字。

「哼！你們也是一群蠢蛋哪！但你們接不接受都無所謂，我只要村長點頭就可以了。你們的村長在哪裡？我要和他談！」看眼前的群眾都不能理解他的想法，道臨不悅的撇了撇嘴，根本沒聽進村民的想法，更別提要他把村民的意願放在心上。

「村長絕對不會答應的！」

「沒錯！不可能！」

「就算村長同意，我們也絕對不會讓出桃源村的桃樹！」

一群人情緒激昂憤慨，但道臨根本就沒有加以理會，他直接拋下人群，走進村子。而見到村長後，村長的回答就如同村民們預料的那樣——「絕對不會讓出桃源村的桃樹。」

村長堅定的拒絕了道臨的提議，不管道臨以怎樣的條件威脅、誘惑，他軟硬兼施、都快說破了嘴，村長還是一點也沒動搖。

談判破裂，道臨撂下狠話，說他一定會不擇手段取得桃樹，並要讓桃源村再無翻身之日。

之後，他便悻悻然的離開了桃源村。

第九章

阿嬤的祕密抽屜

在那場騷動過後，桃源村終於有機會沉浸在久違的平靜之中，只是村民們集體失憶的情況似乎更加嚴重，已經有過半數的人都失去了記憶。

輕則忘了近期發生的事件，重則可能忘記自己到底是誰。

尚未失憶的村民們急著尋找醫師，他們向每一位見過面的醫師描述村內的古怪病情，但卻沒有任何一位醫師有辦法對這樣的病情作出評斷。

一波未平一波又起，就在桃源村民還在和失憶的困擾奮戰時，桃源村又發生了大騷動。

桃樹林再次發出不尋常的巨響，但是這次沒有火舌竄出，只有一棵棵桃樹應聲倒地。

趕到樹林的村民不知所措的看著道臨帶來的大隊人馬對桃樹恣意砍伐，一些人想上前阻止卻被人以電鋸相逼，倘若再往前幾步，恐怕會成為銳利電鋸下的亡魂。

村民們被逼得什麼動作都不能做，但他們也不願就這樣眼睜睜的看著全村

的命脈被人這樣截斷，而自己卻無力守護。

一些村民已經找來了武器，準備抗爭，但勇於反抗的人數實在太少，面對道臨帶來的人，在無法公平競爭的情況之下，根本無法與之論輸贏。

眼看被砍倒的桃樹越來越多，村民們也一步一步陷入絕望。

就在大家都不知道該怎麼辦的時候，一個小孩突然大聲說：「為什麼不請奇怪的阿嬤救我們？」

這個問題被拋出的同時，孩子的母親嚇得急忙摀住自家孩子的嘴。

「你、你在說什麼傻話呢？那個老太婆怎麼可能救得了我們……」

婦人急忙壓下孩子還想再往下說的想法，她緊張的對孩子說著，深怕孩子成為下一個被認為奇怪、被全村排擠的對象，但這句話早已傳入在場每個人的耳裡。

正在苦思對策的幾個大人，眼裡先是閃過一絲詫異，幾個人低聲討論「誰是那個奇怪的阿嬤？」一些還記得阿嬤的人則是用「小孩子胡說什麼呢？」的

不悅眼神打量著剛剛發話的孩子。

大人們原本打算忽略這個孩子的發言，不料另一個孩子卻附和了一開始說話的小孩：「對啊！為什麼不拜託那個阿嬤救我們？」

第二個發言的孩子，同樣引起了家長的恐慌。

他們作出了和第一個發言的孩子的母親一樣的動作，但是越來越多的孩子附和了這個問題，原本認為孩子說的話毫無價值的大人們，面對孩子們積極而統一的詭異發言，一個個面面相覷，不曉得該如何是好。

就在這時，第一個發言的孩子終於在一陣掙扎後，成功掙脫了母親摀著自己嘴巴的手，他大聲的說出了之所以想找那個「奇怪的阿嬤」幫忙的理由：「那個阿嬤家裡有一個鎖死的抽屜，那裡面一定有可以拯救村子的寶藏！」

「對啊！我們闖入那麼多次，都不知道裡面有什麼，奇怪的阿嬤那麼保護它，一定是因為裡面鎖了很重要的東西！」

「它一定可以救桃源村的，你們去拜託她看看嘛！」

孩子們的建議聲響不絕於耳，而樹木倒塌的聲響也是。

村裡的大人一個個眉頭深鎖，幾個還有記憶的人想起之前對阿嬤的種種，他們並不認為阿嬤會接受他們的提議，就算事關桃源村的存亡，她也可能因為對他們的恨而狠狠的拒絕他們的求救。

如果說要為過去的種種向她道歉，他們也很清楚，自己根本拉不下臉這麼做。

大人們猶豫著，這時孩子的叫喊與催促越來越急，生怕大人再這樣猶豫下去，村內的樹都要全數消失了。

幾個孩子看著大人的猶豫，有些比較早熟的小孩已經意識到大人猶豫的主因，但他們卻也沒有建議大人拉下臉皮道歉的立場。

突然，人群裡的一個小女孩怯怯的說：「為什麼不找黑色的大姐姐幫忙？」小孩們聽見小女孩的問題，一個個閉了嘴巴，而大人們也是。

小女孩口中的「黑色的大姐姐」無疑是曉夜。

她是阿嬤的孫女是村內眾所皆知的事實。

但就算她是阿嬤的孫女，要她去和阿嬤說話可能嗎？據傳那一對祖孫從沒好好說過一次話，而曉夜也是在與阿嬤隔離的環境下生長的——再者，和對阿嬤一樣，全村的人都不曾好好對待過她，這下又有什麼臉去拜託她呢？

同樣的問題周旋在村民的思緒中，好不容易出現的一丁點希望，就快蒸發在面子問題之上。

眾人都不知該如何是好，而此時剛剛怯生生說話的女孩再度開了口，只是這次的聲音又比剛剛更小：「知日哥哥，可以說服黑色的大姐姐吧？」

儘管聲音細若蚊蚋，但在場的每一個人卻都沒漏聽這句話。

「對喔！知日！那孩子最近和曉夜走得很近，說不定有辦法！」難得在場卻閉緊了嘴巴的阿珠總算忍不住開口了。

她是同齡的村民中少數幾個沒有失去記憶的人，想起之前婆婆媽媽給的情報，想起知日和曉夜最近的互動，她相信那個孩子既然可以開始突破曉夜的心

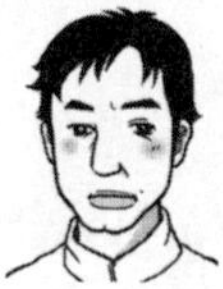

防，就一定可以說服曉夜！

「是啊！那孩子很善良，要是拜託他的話，他一定會幫忙的！」

「沒錯、沒錯！我們快去找他吧！」

幾個大人顯然和阿珠聯想到了同一件事，他們大聲附和，然後引起了所有人的共鳴。

達成共識後，一行人便一邊讚美小女孩的反應快，一邊快步趕往知日的住所。

知日平靜的聽完村民的要求，但出乎村民意料之外的是，知日只是微微皺眉，除此之外再沒任何表示。村民沒有等到如預期的答覆，一個個急得像熱鍋上的螞蟻。

「知日，拜託你了，桃源村的存亡就掌握在你手上了！」

「是啊！只有你能幫我們了啊！」

「你和那孩子很好的，對吧？只要你開口，她就一定會去做的，對吧？」

「知日，拜託你救救桃源村啊！我們真的只能靠你了！」

村民們口口聲聲說著知日是拯救整個村子的關鍵，拼了命的想說服他。

每一個人的眼中都閃著求救的信號，他們看著他的眼神就像他是黑暗中唯一的光點，那麼熱切、那麼令人喘不過氣！

知日嘆了口氣，將眼神自眾村民臉上移開。

「我辦不到。」

知日的聲音很輕，但這四個字卻讓村民陷入更深的絕望。

「我辦不到」這四個字，像一把利刃，正毫不留情的重重劃在每一個在場的村民心中。

村民們聞言無一不感到震驚與害怕——震驚的是，知日這樣善良的好孩子，竟然會拒絕拯救村子如此大的請求。

害怕的是，唯一的希望之光熄滅了，他們該如何是好？他們絕對不可能向

那對祖孫低頭的，絕不！

但事到如今，除了這個方法，還有其他的路可以走嗎？

「不管請誰去說，曉夜都不會答應的。那個人曾經狠狠傷過她——雖然不是直接的，但傷害確實已經造成了。我不能逼著她去做會讓她受傷的事，您們請回吧！這件事我無能為力。」知日面色沉重，他肯定也對村子受到攻擊的事情感到痛心，但這件請求他真的無法接受。

一來是因為以前問過曉夜，得知她絕對不會同意；二來是覺得大人們自己犯下的錯不該推給孩子，假如他們學不會認錯，未來等風波平息，他們仍舊會那樣傷害不該被傷害的人。

人的面子，在攸關村子存亡這個大議題之前還是如此重要嗎？大人們是否總是執著著太多不需要執著的事，而導致自己忘了真正應該專注的事情呢？知日想著，他輕輕關上門，門板外馬上傳來絕望的哀號和高聲的討論，話語裡甚至已經夾雜有對他的咒罵。

他早就能預見這樣的結果，微微苦笑，他撥了通電話，給在兩棟房子外的曉夜。

「喂？」電話的那頭傳來平靜如止水的冰冷女性聲音，連問都不用問，知日就知道接電話的人是曉夜。

「妳剛剛，有聽見外頭的騷動嗎？」於是他直接開口，向她拋出了問題。

「我又不是聾子。」曉夜倚靠在窗邊的牆上，不絕於耳的騷動透過關緊的窗子斷斷續續的傳入耳裡。

「說得也是，那麼大聲妳怎麼可能沒聽到。」

知日在電話這頭輕輕笑著，對他來說，曉夜有時候回答人的方式真的非常有趣。

「那，打電話來有什麼事？」曉夜依舊不改那冷冰冰的態度，語調平板的發問。

「妳知道造成騷動的主角是誰嗎？」知日直接切入正題。

「道臨？」曉夜給了簡單的回應，她腦中浮現的第一人選是他。

「答——錯——了。引發這場騷動的主角，是妳喔！」知日輕笑，開心的宣布她猜錯答案的事實。

「……」曉夜頓時沉默無語。

「喂？妳有在聽嗎？」聽見電話那頭沒了聲音，知日再度出聲詢問，想知道對方是否還在電話那頭，拿著電話聽他說話。

「嗯！」單音節的回應自電話那頭傳了過來。

「他們來找我，希望我……」知日知道她還在，於是繼續話題，只是，這件事卻不是能那麼容易說出口的事。

「嗯！希望你怎樣？」曉夜聽著，知日停頓，她等了一下子，接續著問。

「希望我說服妳，說服妳去向『那個人』求救。他們認為孩子口中謠傳的那個『阿嬤的祕密抽屜』掌握了村子存亡的關鍵。但是他們卻拉不下臉向阿嬤求救，因此……」知日掙扎到最後，還是向曉夜說出了村民的請求。

「辦不到。」電話這頭，聽見這個要求的曉夜立即駁回了這個提議。

「是啊！我知道，所以我拒絕了。」

知日的聲音幾乎可以讓人知道他正在電話那頭苦笑，因為那聲音裡，包含了那麼多赤裸裸的掙扎與關心。

「……謝謝。」曉夜頓了一下，思索著自己是否太過幼稚、太過自私。她輕聲說了謝謝，但心裡卻好像在盤算著另外一件事。

「吶！曉夜。」知日好像知道她想事情想出了神，突然又叫了她。

「嗯？」她輕聲回應，等待他接下來的話。

「如果，過去傷害妳的，是妳很愛的人，而妳也被那個人傷得很重，甚至發誓不管怎樣都不原諒他。假如，那個人有一天向妳低頭、道歉，妳願意原諒他，再給他一次機會嗎？」知日在掛掉電話前，拋出了這個問題。

曉夜掛了電話，騷動的聲響突然增大不少。曉夜的父母臉上擔憂的神情表

露無遺，聽著距離自家越來越近的騷動聲響。

曉夜下樓，看見父母一臉擔憂，她輕輕在他們身邊坐下。

「妳嬸婆剛剛來了電話。」曉夜的媽媽見曉夜下樓，輕聲向她說著，同時也放下手中的電話。

「說了什麼？」曉夜望向母親，問。

「說希望我們一家幫全村說服阿嬤開啟那個上了鎖的抽屜。」曉夜的爸爸代替妻子給了回應，曉夜聽後只是點了點頭。

「他們剛剛已經去找過知日了。聽知日說，桃樹林快被砍光了。」曉夜面無表情，望著被拉起的窗簾外閃動的人影，她淡淡的輕聲說著。

「是啊！但是我們卻無能為力……」曉夜的爸爸嘆了口氣，他也看著窗簾外閃動的人影，心中有一絲忐忑。

「爸爸喜歡桃源村嗎？」曉夜將眼神轉到她父親身上，眨著眼，她問。

「不討厭喔！雖然是個鳥不生蛋的偏僻村落，但是比冰冷的大都市好多了。這裡的人只是太會嚼舌根，但本性都不錯。」曉夜的爸爸回望著女兒，微微笑著。

門鈴在意料之中響起，曉夜的媽媽望了一眼曉夜的爸爸，微微皺起的眉，擔心害怕的眼眸詢問著是否該開啟那一扇門。

曉夜的爸爸看著妻子，然後轉頭看了看曉夜。

「妳呢？妳喜歡這裡嗎？」他微笑著問。

「不討厭，但也稱不上非常喜愛。雖然有討厭的人，但是我不討厭桃樹林。」曉夜嘴邊泛起一抹淺笑，回應了父親的問題。

「這樣啊……」曉夜的爸爸看著女兒笑了。

他轉頭看著妻子，也微微一笑，點了點頭。

曉夜的父母開了門，村民們圍成一圈，他們臉上全是不安的神情，彆扭的大人們，在見了屋內的主人後，一句話都說不出來，不管是關於現況的說明、對他們一家子的道歉、還是請他們拯救村莊。

他們盯著曉夜一家半晌，嘴上就是吐不出半個字。

「曉夜，那個、那個，對、對不起，關於過去的種種……」突然，一個看起來和曉夜同年的女孩自人群中擠了出來，她看了曉夜一眼，隨即撇開眼神。她不自在的扭動著身子，緊張的搓著雙手，她完全不敢直視曉夜，說話的聲音還微微顫抖。

「我、我也、對不起。」看見女孩出面道歉，一個男孩也擠出人群，急著向曉夜道歉。

像是受到這兩個孩子鼓舞，大人們的聲音隨之出現。

被吐露的話語裡說著過去對曉夜一家種種的不應該，說著他們過去的幼稚行為與不諒解，男男女女，字字句句都是關於過去的懺悔。

曉夜面無表情的聽著，她的父母也是。

村內對這一家子的虧欠實在太深了。倘若他們不原諒自己也是應該的，村民們緊張的等待這一家人的回答，但他們什麼也沒說，只是報以一抹淺淺的微笑。

村民們見到這抹幾乎不曾有機會看見的笑靨，都知道他們願意不計前嫌的原諒他們，有些人激動得眼眶泛淚，有的人則是鬆了口氣，跟著他們笑了。

「現在最重要的，好像不是感動。」曉夜的爸爸穿好鞋子，言語上潑出的一桶冷水澆熄了村民幾乎氾濫的感動情緒。

「啊、啊！沒錯、沒錯！要先救桃樹林！」聽見曉夜爸爸的話語才自感動中回神的一位村民總算想起了首要之事。幾個村民也趕緊調整情緒，讓自己專注在拯救桃樹林這件事情上。

第十章

再見桃源村

一行人跟著曉夜的爸爸快步趕往阿嬤的居所，但眼前只見大門緊閉。

村民們拼命按著門鈴，甚至大力敲著鐵製的大門，只是屋內一點動靜都沒有。

有人說他瞄見屋內有人影閃動，村民判斷阿嬤是害怕受到攻擊，所以不敢開門。

而也有一說是，她對桃源村已經徹底心死，所以不願幫忙。

一群人的心就這樣懸在半空中，那個神祕的抽屜是否真的鎖著拯救村子的祕寶，雖然不能肯定，但至少是一個希望。

只是，鑰匙在阿嬤手上，要是她不願意交出鑰匙，不管是抽屜裡有著多麼神通廣大的祕寶也救不了村子。

就在村民們躊躇著面對緊閉的大門時，門緩緩開了。

出來應門的，是臉色非常難看的阿嬤。

她拿著竹掃把，一副要趕人的氣勢。村民們見了她，先是一陣靜默，然後

是爆炸般的聲響——村民們七嘴八舌、爭先恐後的說出了想知道抽屜祕密的請求。

阿嬤聽見村民提起抽屜，先是訝異於他們竟然知道抽屜的存在，後是聯想到那群老愛跑入自己房內亂翻的野孩子，這下她才終於搞懂了，原來他們不惜被掃把打得滿身是灰，還硬要闖入她家都是為了那個抽屜！

大人們之所以知道抽屜的存在，一定是孩子們向大人告的密。

「可是為什麼，突然想知到抽屜裡收著什麼？」阿嬤想著。

「砰！」一聲巨響又自樹林內傳來，看著桃樹林塵土飛揚，搞得整片天空灰灰暗暗的。

聽力不是很好的阿嬤，在聽見那聲雖然巨大，但在自己耳裡卻有些模糊的聲響，轉頭看了灰茫茫的天，她清楚知道桃樹林出事了。

她轉頭又看向那群村民，她知道他們的目的了。

釐清了頭緒，阿嬤沒好氣的瞪著不請自來的村民們，她突然舉起掃把，緊

接著是一陣亂打。

村民們被阿嬤突如其來的舉動嚇得四處逃竄，他們亂了方寸，而在一陣慌亂中，終於有人想到要制止阿嬤。

幾個人向對方使了眼色，算好時機，一行人向阿嬤撲去，他們抓著阿嬤瘦弱的雙手和奪走她手上的竹掃把，意圖停止她瘋狂的攻擊行動。

但阿嬤也不是省油的燈，她使勁踢著還來不及被抓住的雙腳，幾位抓著她的大漢被她踢到肚子和下腹，也痛得不得不放開她。

「你們這群不要臉的人！只有在有需要的時候才想到要對我低聲下氣！沒本事也不先靠自己想辦法！也不想想平常怎麼對我的，你們到底哪來的臉求我！平時不是很有本事？這種時候求我這個老人家有什麼用！啊啊——造孽啊！造孽！世道如此，活著哪有價值！我早該去死了算了！」阿嬤大罵。

現場，有很多人已經很久沒聽到這個老女人這麼大聲的說話，甚至有些人在這個時候才真正聽見她的聲音。

一直以來，村民對她的印象，都只是個兇悍、總是唉聲嘆氣，拒絕與人交往的古怪老女人。

他們對於她天天上醫院報到的詭異行徑也感到不解，而診所裡的醫生對她的行為早已見怪不怪，他們只是開著劑量微弱到近乎沒有作用的處方箋，意圖使她的心理得到慰藉與平衡。

他們認為她根本沒有生病，但是精神卻已經病入膏肓，拒絕與人接觸或許也來自這個因素。

從來沒人見她如此失控，如此大聲的表達自己的情緒。或許，這是她讓自己壓抑了多年的怨氣，一次爆發出來的緣故。

「您就幫幫他們吧！村子裡的桃樹已經快要被砍伐殆盡了，我們桃源村沒有桃樹的話，就不是桃源村了呀！您不也是因為非常喜歡桃樹，才會居住在樹林邊嗎？」曉夜的爸爸說話了，他好聲好氣的勸著阿嬤。

阿嬤轉頭看著曉夜的爸爸，眼神中的怒火好像一點都沒有消退。

曉夜爸爸的柔聲話語像是一桶油，澆在阿嬤的怒火上，更是讓這把怒火變成熊熊燃燒的烈焰。

「你這不肖子——竟然幫起這群人了？你還把我當媽嗎？從來沒真正關心過我，孫女一出生就搬出家裡，我連孫女都沒抱過你們就離開了，而且從此再沒回來過一次，還和那老頭子聯合阻擋我與孫女見面！說我有病，還請來一點用都沒有的看護凌虐我！也不想想都幾年了，你說說到底幾年了！你還好意思在這裡說話？你不孝！你沒有立場！你、你不知羞恥！」阿嬤歇斯底里的對曉夜的爸爸咆哮，她自剛剛奪走掃把的村民手上搶回掃把，接著舉起掃把又要往曉夜爸爸身上打去。

「不要隨便怪罪爸爸！他明明一直都惦記著妳，把妳放在心上，真正不在乎妳的，是那群妳稱作『女兒』的人！是妳自己和她們逼得我們無法在有妳的家裡生存！」曉夜在阿嬤動手前先一步扯住了竹掃把，並用眼神示意父親往後退。

注意到曉夜的阿嬤轉過頭去，以凌厲的眼神瞪著她。

曉夜雖然受到些微驚嚇，但她一點都沒退縮，趁著阿嬤不注意，她連忙搶下掃把，並立即將它丟到阿嬤無法搆著的地方。

「不要再執迷不悟了，接受妳一直在逃避的現實吧！明明是妳不願意接受家人的善意對待，明明是妳一廂情願的聽信妳稱之為女兒的那群人渣不實的謠言，明明就是妳擅自認定一切，然後公開抹黑我們！妳害怕、妳擔心、妳需要家人、需要愛，為什麼從來不向人說？這樣拐著彎來抹黑我們妳很快樂嗎？這對我們實在太不公平了！憑什麼？妳憑什麼因為一己私慾毀掉我們的世界？」

剛剛阿嬤的一句話讓曉夜像是受到天大的刺激，她一下子爆發般的對阿嬤大吼。

「一直在逃避現實的妳才真的不要臉、不知羞恥、沒有立場！妳知不知道，因為妳的任性與謠言讓我們家的人受了多少苦！明明以前沒和妳說過話，但卻因為妳被全村的人排擠，知道我是妳孫女讓我好像在一瞬間被全世界背叛，一個朋友都沒有的感覺妳可以忍受，但對我來說這樣的孤單很難承受，幾乎想要去死的難以承受啊！我都沒嚷著要死要活了，妳憑什麼說妳可以早點去死！妳都還沒為妳犯下的過錯負責，憑什麼說這麼不負責任的話？為什麼妳要這麼固執、這麼愚蠢、這麼不懂得表達？為什麼爺爺會選擇妳這樣的人？我們家的人到底上輩子欠了妳什麼，要這樣受妳折磨？」曉夜激動的說著。

說著、說著，她的眼淚竟然就這樣失控的滑了下來，她自己沒有注意到，但身旁的人全傻了眼——包含曉夜的父母在內。

以曉夜現在的情況看來，或許她連自己在說什麼都搞不清楚，只是把積壓在心裡多年的情緒一次宣洩出來罷了。

她的話語裡有怨懟，也有一些她從來沒對人說過的，對阿嬤的同情。

就算沒有血緣關係，就這樣長時間聽著，或許也聽出了一些感情——即便她不願意承認。

「曉夜，別說了。」曉夜的爸爸拍了一下她的肩膀，並將她帶到一邊去。

他遠遠的就在人群中看見了知日，他向知日揮手，而知日也快速自人群中鑽了出來。

知日快步跑到曉夜身邊，將她帶離擁擠的人潮。

「……」大概是被曉夜的一席話嚇傻了，阿嬤和在場的所有人都陷入一片可怕的寂靜。

一陣巨大的聲響將眾人拉回了現實。

沒錯，桃樹林正在消失，現在並不是沉浸在思考中的時候。

眾人再度要求阿嬤釋出抽屜的祕密，一些急得失去理智的村民已經拿出武器，對阿嬤兵戎相向，甚至還有村民以死相脅，說是不問出抽屜的祕密就要和阿嬤同歸於盡。

阿嬤望著在失控邊緣的村民、正威脅著自己生命的武器，加上曉夜剛剛失控的一連串指責與怒罵，都讓她的臉色比剛剛來開門時更加難看了。

雙方相視，氣氛尷尬，雙方僵持不下。

巨大而恐怖的聲響不斷自桃樹林傳來，電鋸聲不絕於耳。

「我不知道你們誤會了什麼，但我並沒有能夠拯救村莊的能力。」阿嬤無奈的閉上雙眼，她深深嘆了口氣，妥協了。

「如果你們無論如何都想知道抽屜裡鎖著什麼，那麼，跟我來吧！」

她以緩慢的腳步，領著一行人走入屋內。

獨居老人冷清的居處映入眾人眼中。沒有過去他們所猜想的富麗堂皇，也沒有任何的恐怖詭異，彷彿過去的陰森都只是一抹幻覺——這裡就只是一處清冷得可憐的居所，除此之外，它什麼都不是。

他們在一個房間前停下腳步。阿嬤開了門，以遲緩的步伐走近房內一座老舊而精美的五斗櫃。孩子們一個個自人群中鑽出來，拼命想擠到最前方。

他們是最想得知抽屜祕密的人。他們瞪大雙眼，屏氣凝神，深怕錯過抽屜內任何一樣寶藏。阿嬤自上衣口袋中掏出一枚小鑰匙，而當五斗櫃那個被上鎖的抽屜被開啟之時，在場所有人都傻了眼。

阿嬤平靜的將抽屜裡唯一的物品拿了出來——那是一個只有掌心一半大的小錦囊，根本不是什麼稀世珍寶，別說拯救村落了，它連多裝幾個小錢幣都做不到！

人群在一片絕望中一哄而散。

沒有人想知道那小到連硬幣都裝不了幾個的錦囊裡頭裝著什麼，因為不管那是什麼，都肯定無法拯救已經在崩潰邊緣的桃源村。村民們帶著失望的情緒離開了阿嬤家，再三商討對策，還是只有反抗一途了。

村民們總算在最後一刻團結起來，勇敢地對抗道臨和他帶來的砍伐者。

在一陣激烈的對抗後，雖然驅逐了外來的山老鼠，但在抵抗的過程中，有些村民也不幸受傷了。更加令人哀慟的是，雖然成功趕走了敵人，但是桃樹林裡的桃樹也已經一棵都不剩。

這場抗爭的代價和損失都非常慘重。撇開擔心受傷的親人，最令人難過的

無非那一片曾經美麗耀眼的桃樹林。望著滿目瘡痍的樹林舊址，沒有一位村民不感到哀痛。

村內有幾個地方也遭到破壞，村民們幾乎沒有哀傷的時間。他們必須盡快重建村落，好讓生活回歸過往的平靜。至於那一片珍貴的桃樹林，雖然沉痛，但村內的每一個人必須試著接受它永遠不會再出現的事實。

村內的人在那之後幾乎失去了大半的記憶，桃源村頓失生氣，好像一切都已經成為虛空，而活著，只是單純的活著。就像沒了靈魂的空殼，單純在生死的一線之間掙扎。幾個沒有失去記憶的人也頓感空虛，彷彿心上缺了一角，而那塊空缺或許永遠無法被什麼所填補。

第十一章

風波過後

曉夜在那一次失控過後就再也沒和阿嬤說過話，她還是不認為那個人是自己的阿嬤，祖孫之間的諸多不諒解，並沒有透過這次的事件改變些什麼。

大概是多年來累積的成見太過根深蒂固，因此難以忘懷、更難以改觀。

雖然和阿嬤的關係不見任何改善，但曉夜和村民間的互動卻多了——特別是和同年齡層的孩子間的互動。

同儕過去對她的敵意像在一夕之間煙消雲散，不知道是因為近期村內失憶症的影響，還是之前的桃樹事件真的讓他們對自己改觀。

但即使如此，不曉得是不是因為習慣，曉夜一個人獨處的時候，還是多於和同學嘻笑打鬧的時候。

隱約記得，那天失控過後，她被知日拉到一旁，她已經近乎完全忘了在那之後究竟發生了什麼事，只記得自己在知日面前一直哭、一直哭、哭得一句話都說不出來，甚至快要喘不過氣……眼淚流得好像壞掉的水龍頭，止不住的眼淚就那樣瘋狂的掉，怎麼抹都抹不乾、停不下。

依稀記得知日好像有將自己擁入懷中，輕輕拍著自己的背、反覆溫柔而有耐心的安撫著自己已經失控的情緒。

自己最後好像哭到暈了過去，因為清醒的時候自己是躺在自己床上，而且頭痛得不像話，更別提腫到幾乎無法睜開的雙眼。

在那之後，曉夜突然發現自己沒有辦法像過去那樣坦然的面對知日——不曉得是不是因為自己不小心在他面前失控、失態，讓他看見了自己最脆弱的一面的緣故。

但知日對曉夜的態度非但沒有改變，跟在曉夜身邊的頻率還比過往更高，兩人膩在一起的時間比過去更多，親暱的程度不禁引人遐想。

知日那樣的過度呵護，就好像一旦曉夜離開自己的視線就會崩潰、就會消失，就好像一個人小心翼翼的捧著一顆脆弱的玻璃球，深怕一個不留神，它就會自手中滑落，然後掉在面前，碎成千萬片碎屑，再也拼不回來。

兩人的形影不離的關係旁人看在眼裡，自然有了無限遐想。

只是那些猜想已經從「一定是那女孩不夠自愛」、「一定是女方死纏爛打」的負面方向移開了。

現在人們對他們的疑問，就只有「這兩個人真的只是朋友嗎？」想知道這個答案的人不少，但卻沒有人敢真的提問。就算要套話也常被兩人有技巧的閃過，根本問不出個所以然。

伴隨時光飛逝，曉夜和知日的國中畢業典禮隨之到來。

在畢業典禮這天，終於有人既好奇又大膽的當著兩個人的面，大聲質問他們：「說！你們是不是在交往？」

面對同學嚴厲的質問，被質問的曉夜和知日先是一愣，然後兩人同時說出了答案：「不是。」「是啊！」

「咦？」

知日以不可置信的眼神看著一旁回答了「不是」的曉夜。

曉夜也在同時轉頭看了知日，兩人眼神交會，他那錯愕的神情讓她覺得既窘迫又好笑。

結果她就這麼噗哧一聲笑了出來，也不管同學追問，就這樣轉頭走遠了。知日當然二話不說的追了上去，口中還不停嚷著：「為什麼說我們沒在交往？喂——妳不喜歡我嗎？曉夜！走那麼快幹嘛？等我一下啦！」

眾多同學被兩人拋在原地，一個個一頭霧水。

看樣子，這個謎團直到國中生涯的最後一天還是沒能得到解答。

「欸！妳覺得他們到底有沒有在交往啊？」剛剛大膽提問的男同學一頭霧水的望著兩人逐漸遠離的背影，他一臉疑惑的對身旁的女同學提問。

「你覺得呢？」被問的人將問題拋回他手上。

他搔了搔後腦杓說：「我覺得有欸！」

「可是我覺得沒有。」剛剛被問問題的女同學一邊整理物品，一邊笑著說：「曉夜好像很難『攻掠』。」

「啊啊！真的很難。我之前向她告白的時候就被斷然拒絕了。」提問的男同學嘆了口氣，語氣中充滿無奈。

「咦！告白？跟曉夜？你嗎？」女同學瞪大雙眼，一臉不敢置信的望著眼前的男同學。

「對、對啦！不行喔？」男同學慌張的別開臉，他已經臉紅到連耳根子都是紅的了。

「你以前不是很討厭她嗎？我記得你好像還拿廚餘往她桌上倒——啊！不過你最後好像被她揍了。」女同學以玩味十足的語氣調侃著男同學，她還記得當年他明明時常欺負曉夜，怎麼在那天去她家跟她道過歉後，不只連對她的態度變了，甚至還跟她告白了呢？

「那、那麼丟臉的事就別再提了！況且，那時候也不是真的那麼討厭她啦！只是，當時大家都……總覺得要是做出和群體不一樣的事，自己會被孤立。所以不知不覺就那麼做了。話說回來！在那件事情之後，跟她告白的也不只有我啊！唉！不要再講以前的事了啦！越想越覺得自己好幼稚、好丟臉。」

男同學慌亂的為自己辯解，隨後慌亂的收拾了書包，準備離開學校。

「哈哈哈！對了，曉夜當時是怎麼拒絕你的啊？」

「她就說，她現在還沒有談戀愛的打算，好像要等大學過後才會考慮交男朋友……」

「哇！好強的上進心。不過她到底是真的對學業那麼認真，還是不忍看你因為被拒絕而受傷呀？」

「妳、妳管人家！人家功課那麼好，會那麼認真一點也不奇怪！倒是妳啊！妳先把妳自己搞定再說啦！功課那麼爛，人品還不好，小心嫁不出去。」

「欸！不要人身攻擊喔！我又沒說她怎樣，而且你功課明明比我爛，還說我呢！你才沒資格咧！」

兩人鬥著嘴，離開了教室。

學校敲響了下課鐘，迴盪在空教室裡的鐘聲格外刺耳。

曉夜和知日待在兩人一年級時所在的教室，曉夜端坐在窗邊的坐位，輕輕翻著書，像是捨不得自己的國中生涯似的貪戀著這一絲絲清閒的午後時光。

知日不曉得在什麼時候已經走上講台，他輕咳了兩聲，意圖引起曉夜的注意。

曉夜很配合的轉頭看向知日，猜想著他究竟要變什麼把戲。

「新學期開始，除了村內各位熟悉的同學外，今天老師要向各位介紹一位來自別村的新同學，他的名字……」知日輕輕一笑。

曉夜聽著他的話語，一股熟悉感襲上心頭，她輕笑，撇開眼神。

「那邊那位穿著黑衣，留有一頭烏黑長髮的女同學請不要別開視線！妳就是沒有認真聽講才會不知道我叫什麼名字！竟然只顧著看小說，連頭都沒抬，我就這麼沒有吸引力嗎？」知日看曉夜把眼神移開，他以開玩笑的語氣向她喊話，希望喚回她一點注意。

是的，他還記得那一天——自己轉學過來的那一天。

當他帶著緊張的心情踏上教室的講台，向同學望去，只有一個人可以讓他久久無法移開目光——曉夜，那個低著頭，專注讀著小說的女孩。一身黑衣讓她白皙的肌膚顯得更加白皙，像是發著光，又給人一絲清透感，彷彿不像個實體。

雖然她把自己隱藏在角落，但她強烈的存在感卻令人無法忽視。

聽見知日的玩笑話，曉夜只是報以微笑，沒有回話。

知道自己當時沒在聽課的事實被知日發現，她吐了吐舌，扮了個小鬼臉，她也沒想到知日竟然知道自己當時壓根沒記住他名字的事。

回想起過往種種，她嘴角的微笑非但沒有消失，還擴大了幾分。她轉過頭看著知日，只見他仍以過去那燦爛如驕陽的微笑面對著自己。

「聽好了。我的名字叫知日，今天是我們自國中畢業的日子，有一件事情，想請妳配合——請妳，一直記著這個名字。村子雖小，但未來我們還是有可能在不同的學校上課，就算同校，我們也不一定能同班。高中畢業後，我們可能會留在這裡，也可能到城市裡唸大學，甚至在未來搬離桃源村，不再回來。但請妳記得，不論妳在哪裡，只要保持聯繫，我就不會棄妳一個人不顧。不要認為妳是孤單的，因為雖然我幫不了妳什麼，但我會一直在這裡，盡我最大的努力陪著妳。」

「……什麼啊！這是求婚嗎？」曉夜聽著知日的話語輕笑，以為這段話只是知日逗著自己玩的玩笑話，所以並沒有放在心上，只是給了一句玩笑似的回應。

「如果向妳求婚，只要這麼簡單幾句話的話。」

知日輕笑，走近曉夜，並在她的左手無名指上套上一個由四葉幸運草結成的戒指。

「……你在開玩笑吧？」

曉夜看著左手無名指上的植物指環，她愣了半晌，然後以不敢置信的眼神

望著笑得一臉燦爛的知日。

「妳說呢？我剛剛說的話可是真心的喔！不管妳在哪裡，是什麼身份，我都不會讓妳一個人孤單哭泣——因為那天看妳大哭，真的覺得好心疼。」知日收起笑容，眼神裡透著認真。

曉夜一時半晌說不出半句話，她沒有給予知日任何回應，眼眶裡卻像有淚光閃爍。

而這個下午，這短暫又真誠的告白，似乎也就讓兩個人的心徹底綁在一起了。

不管未來維繫兩個人的是怎麼樣的情愫，但這份得來不易的情感，兩人想必都會萬分珍惜。

在此同時，曉夜才總算徹底理解到，父親當年對自己說的話究竟是什麼意思。

是的，人與人之間的緣分是非常珍貴的。

因此當自己有幸擁有，就要珍惜。不管未來這段緣會走向怎樣的結局，但可以把握的，就不能輕易放手——因為一切得來不易啊！

這是桃源村的國中第一個沒有桃樹林相伴的畢業典禮。雖然令人感到惋惜，但那片淡粉色的美麗早已成為每一個人心中最美的一幅風景畫。

他們深深相信，只要仍然惦記著這片樹林，它就會在心裡繼續存在，不會消逝。

在兩人國中畢業後，曉夜和知日又幸運的上了同一所高中，甚至被編配在同個班級裡，兩人之間的相處模式一點都沒有變。他們依舊形影不離，基本上只要看到一個，就會看見另外一個。

就算兩個人沒有同時出現，只要把想要告訴另一個人的事告訴其中一個，另一個就一定會知道。

眾人都對他們之間的「純友誼」感到不可思議，但也因為從小看到大，不

知不覺就習慣了。

沉寂了一陣子的阿嬤最近又有了引起村民關注的動作。

說是最近，但那也是自一年前就開始的舉動，一年前開始，就常有人看見阿嬤獨自前往桃樹林曾經存在的那片空地，不曉得去做些什麼。

那裡已經沒有多少人會去了，因為就算去了，也只能感覺到一片哀愁。沒有人知道她去那裡幹什麼，但也沒有人過問。

最近村民失憶的狀況逐漸好轉，一些人已經漸漸想起失去的記憶，那種心上缺了一角的失落也逐漸消失。仍舊沒有人知道為什麼記憶會突然消失，又為什麼會突然開始恢復。

阿嬤仍然那樣古怪，和過去沒差多少，只是變得不再那麼神經質了。

村民們對她的態度雖然有所改善，但她還是堅決拒絕與人群接觸，因此還是孤單一人。

抽屜的祕密被解開後，再也沒有孩子會闖入她家玩尋寶遊戲，連可能飛進庭院的棒球都因為多了一片空地而消失了。

這一切改變，都讓那原本就非常冷清的房舍更添淒涼。但她似乎也沒有非常在意，也許這一切對她來說，僅僅代表了闖入自己生命裡的喧鬧被人抽離，而生活回歸了平靜，如此而已。

阿珠平時仍會過去和她說說話、聊聊天，但她也仍是那樣寡言少語，說出來的話也和過去一樣不怎麼中聽。

大概是因為習慣，阿珠倒也都還能笑著面對這一切。

然後，在幾個月後的某一天，阿珠突然上氣不接下氣的，連敲門都沒有就這樣闖入了曉夜家。

當時正窩在沙發上閱讀小說的曉夜見到闖入家裡的阿珠還感到一陣錯愕，而她還沒開口，阿珠已經先道出一個令她更加錯愕的消息：

「阿嬤——她過世了。」

「……」曉夜聽著阿珠說的話，腦袋頓時陷入一片空白，愣了半晌，說不出一句話。

在廚房聽見阿珠叫嚷的曉夜父母自廚房走了出來，阿珠剛剛說的話，兩人一個字都沒漏聽。

他們錯愕的望著阿珠，只見阿珠紅著眼，哀傷的望著兩人。

一行人拖著沉重的腳步走到阿嬤家，曉夜在門口稍微停頓，猶豫著是否真該踏入這棟宅院，這裡自曉夜有記憶以來一直是個禁地。而她萬萬也沒想到，自己第一次踏入這裡竟是為了處理「那個人」的後事。

她細細看著這個家的擺設。庭院裡有幾盆被笨拙修補起來的盆栽，看起來應該是過世的爺爺留下來的。

破掉的花盆跟被剪得亂七八糟的枝葉，恐怕是看阿嬤不順眼的人蓄意破壞的吧！那些被笨拙修補的盆栽，大概是阿嬤不捨爺爺的遺物被人破壞，才用不靈巧的雙手補上的——原來，她心裡還有爺爺啊！

臥房的古式床榻上躺著表情平靜的阿嬤，慘白而毫無血色的臉，沒有呼吸起伏的身子，再再證明了那個人已經離開人世的事實。

曉夜靜靜看著那張不熟悉的臉和瘦弱的身子，她對這個人的印象，只有恐怖以及多年前那因自己的阻止，而讓她打人不成，怒瞪著自己的雙眸。

她看著床榻上那纖細的四肢，曉夜納悶的想著這個人過去是否真有這樣虛弱——不是還有力氣揣著掃把打人的嗎？

曉夜看見爸爸的眼眶泛淚，阿珠已經哭到不能自已，曉夜卻一點感覺也沒有——大概是因為自己跟這個人生平根本沒什麼交集，所以覺得不管她在不在都與自己無關吧！

她決定不打擾他們，於是離開了房間，想看看過去爺爺是住在什麼樣的房子裡。

是的，比起阿嬤，爺爺留給她的感情更深。

但礙於阿嬤的關係，她從來沒進過爺爺生前住過的屋子。如今有機會踏入這裡，伴隨著對爺爺深沉的思念，她自然無法就這樣放過好好觀賞這棟爺爺故居的機會。

屋子很大，長廊連轉上好幾個彎，一個連著一個，也許一不小心就會迷路。

曉夜在屋內繞著、轉著，總算懂了為什麼村裡的孩子們那麼愛闖入這個家裡尋寶、玩耍，就算被打得全身灰也在所不惜。

拐過幾個彎，她來到一間擺放了梳妝台和一座老舊精美五斗櫃的小房間。五斗櫃的一個抽屜上插著一把鑰匙，曉夜望著那把小巧的鑰匙望出了神，想著這是否正是那個村民口中鎖著祕寶的抽屜。

據說這個抽屜在桃樹林消失的那個事件裡曾經被打開過，只是結局令人失望。

曉夜不曉得抽屜裡鎖著什麼，在那件事之後，村民對於該事件絕口不提，

彷彿只要說起，就是在傷口上灑鹽，會痛得不能自已。

因為完全對抽屜的內容物一無所知，於是她對這個抽屜好奇心仍然沒有被削減半分。

不知不覺中，她已經向抽屜上的小鑰匙伸出了手。

第十二章

未完的故事

曉夜輕輕轉動插在鑰匙孔上的小鑰匙，「喀」的一聲，鎖開了。她輕輕拉開抽屜，一個白色的信封，和一個只有手心一半大小的錦囊映入眼簾。

她拿出信封，打開後看見裡頭裝了幾張以歪七扭八的字體寫得亂七八糟的信。

與其說是信，不如說是由鬼畫符組成的塗鴉。

雖然可以辨識出一些字，但那必須費上很大的勁才能勉強讀懂。這大概是不會寫字的阿嬤生前花了不少時間寫下來的東西吧！曉夜在塌塌米地板上坐了下來，開始看信。

大致瀏覽了信件的內容，透過剛剛眼睛捕捉到的關鍵字，她知道信中提及了村內的桃樹、抽屜裡的錦囊，以及自己的爸爸。

曉夜被信紙上所想傳達的故事深深吸引，原本只是打算隨意看看的她整理了信紙，打算從桃源村的桃樹故事開始讀起。

據說，在很久以前，村內曾經流傳著一個傳說：

在一開始，桃源村尚未建立之前，桃樹也並不存在。

第一棵桃樹，來自第一位決定在此定居的村民。他自家鄉帶來了桃樹的種籽，因為戰亂及種種因素，他無法再回到自己出生的故鄉居住。看這個地方好山、好水，地勢隱密，足以躲避戰亂，於是決定在此定居。

因為思鄉，他在村邊的一片地上種下了第一棵桃樹。

他把自己所種植的桃樹當作身在遙遠故鄉的親人們。他盡心盡力的照料著它們，桃樹像是想回應他的用心與情感，成長茁壯的桃樹長得異常漂亮，所結的果實也甜得不像一般水果。

多年以後，成長茁壯的漂亮桃樹引來鄰近村落的人們關注，一些人為了能時時欣賞桃樹的美，不惜長途跋涉，或乾脆自遠處直接搬到桃樹附近居住。因為抱持著這樣想法的人越來越多，村落也隨之成形。

第一位村民眼看逐漸增加的村民都為桃樹而來，並時常以醉心的目光欣賞、圍繞著那一棵桃樹，腦中不禁浮現了想讓家鄉的桃樹林再現的想法。

他決定讓每一個人都擁有一顆屬於自己的桃樹。

於是，他翻找出之前收在家裡的其他桃樹種籽，將它們分發給每一位村民。

新住民拿到種籽都非常高興，於是也一個個動手種起了桃樹。

由於每個人都種了一棵樹，因此開始有人將桃樹比為這個村落的村民。而村民們也都笑說自己是桃樹的子民，因為它們是如此令人著迷，如此令人傾心。

時間久了，因為自稱自己是桃樹子民的村民越來越多，因此人們便為這個村落取名為「桃源村」，意味著每個人都源自一棵桃樹，兩者是相輔也相成的。

因此村名的來由其實源自村民對桃樹的珍惜和相輔相成，並非是誰信手寫下的詩句。

自那之後，雖然桃樹的數量漸漸多了，但還是無法形成一片林木。於是桃

源村的村民們開始蒐集桃樹結出的果，也會將它的種籽留存起來，待家裡添了新成員，就再種下一棵樹，象徵新生命與新希望的到來。

一點一滴，細心、耐心的種著，伴隨每一個人的悉心照料，桃樹林終於成形。

只是，這個美好的傳統在桃樹林已經飽和，村落規模也越來越大，沒有空間再種桃樹後就不再實行了。

之後，伴隨時光流逝，世代交替，這個古老的傳說也在久遠以前就被人徹底遺忘，再也沒有人記得桃樹一開始的涵義，只知道它令人心醉神往。

這片桃樹林其實還隱含著一個失落的祕密。每一個人種下的桃樹，其實不只代表每一個人，也同時記錄著人們的記憶。

只要桃樹消失，或者桃樹因為不懷好意的意圖被傷害，就會影響桃樹主人的記憶。

雖然後來並不是每一個人都擁有一棵桃樹，但是村民的記憶還是一點一滴的依附在和自己的家人相關的桃樹上。

有些桃樹纖細，有些則粗壯，決定它們外觀的成因不只是大自然，也關係於那個家族的大小及人數多寡。因此保護桃樹一直以來都是桃源村的村民非常重視的一件事。

曉夜將寫有桃源村由來以及桃樹所代表意義的信紙小心的摺疊起來放在一邊，輕閉雙眼，思索、咀嚼故事所想傳達的意念。

想著、想著，除了搞懂為什麼前陣子村民會突然失憶，她也突然意識到現在的桃源村民，都只是收穫前人耕耘所得來的甜美果實，而非自己為自己的夢想耕耘，也難怪村民們一個個只能望著消失的桃樹林遺留的空地嘆息、哭泣，卻什麼也不能做——這令人感到惋惜與可悲。

曉夜舒了口氣，睜開雙眼，繼續往下讀起之後的信件。

接下來的故事，說著那個被鎖起的錦囊，還有關於曉夜爸爸的事情：

原來，阿嬤曾經有過一個兒子，那是連她那群女兒們都不知道的祕密。

那孩子是她和前夫所生下的第一個小孩。假如他現在還活著，那麼應該是家中排行最大的孩子，年紀還會比曉夜的爸爸大上將近十歲。

阿嬤的親生兒子過世的原因，聽說是為了賞花而爬上了樹，卻失足自樹上跌落死亡的。

失去骨肉對母親而言是個非常沉痛的打擊。

在當年那個認為能生兒子就是福的時代，這樣的打擊，更是讓阿嬤完全無法接受自己親愛的孩子已經過世的事實。

她終日徘徊在桃樹林裡，時常在兒子摔落死亡的那棵大樹前，哀傷、絕望的哭泣，終日以淚洗面，好一段時間無法振作起精神。

她不吃不喝，體力就要支撐不住，甚至有了「乾脆就這樣，隨著自己的兒子走了吧！」的恐怖想法。

而就在她哀傷的捶打著桃樹，歐斯底里的問著為什麼要奪走她寶貝兒子的同時，一陣清風拂過，幾片花瓣飄落，突然有一些果實落在她身旁，像在安撫她失去兒子的痛。

拾起果實，想起過去，幼年時期從自己祖母口中聽來的桃樹傳說，她抱著果實再一次大哭了。

蒐集起桃樹的種籽，她自那天後就嚴格要求自己不能再哭泣。

因為她相信，那是兒子給她的信號——雖然現在生命終結了，但未來的某一天還會再相遇的。

就像有花開花落，生命總會走向終點，但春去春會回來，生命也會循環，總有一天，一定會在某個地方再見的。

她盡力調整了生活的步調，雖然在喪子後，第一任丈夫也驟逝又給了她不少打擊，但她仍是堅強的一個人度過了這段黑暗時期。

而當她有一天獨自漫步在桃樹林，遇上了爺爺，也就與他結下了另一段情

緣——只是當時的她還不知道爺爺會向她求婚就是了。

爺爺是個剛自戰場上退役的士兵。

他早就知道阿嬤曾經嫁過人，甚至有過孩子，也知道阿嬤有個已經死去的兒子。

因為一次偶然於桃樹林間的午睡，被阿嬤思念著孩子的低語吵醒。他靜靜聽著這名婦人向已逝的兒子訴說對方已經聽不見的思念，他深深被她的依戀與重感情吸引，之後得知她的丈夫過世，爺爺便鼓起了勇氣向她搭話，自此結上兩人間的情緣。

她和爺爺與三名女兒，她們原本平靜的日子就該這樣開始，不再有風波，直到終老。

然而，一位爺爺和另一名女人生下的，不到一歲的孩子卻突然被人送到家裡來。

原因是對方因重病過世，孩子無人照顧，那人的親戚找到了爺爺，希望他

能收養自己的親骨肉，否則孩子很可能會成為孤兒。

爺爺愛憐的抱著自己的親骨肉，由於他從來不知道對方懷孕的事情，因此這孩子的存在他今天也是第一次知道。

聽著孩子的媽已經過世，爺爺臉上有股抹不去的哀傷。

阿嬤想起自己過世的兒子，想著或許這就是再見面的時候，於是當爺爺忐忑的問起領養孩子與否的問題，她二話不說就答應了爺爺，而這個差點成為孤兒的男嬰，也就是曉夜的爸爸。

阿嬤的女兒之所以對曉夜的爸爸有那麼多意見，或許是因為爺爺有時會不小心對這孩子表現出他那多一些的關愛；也或許是相信他是自己親生兒子投胎轉世的阿嬤，會對這孩子付出多那麼一點的關懷，才會讓三姊妹覺得父母對自己的愛被一個突然殺出來的小鬼給剝奪了。

因為這樣的不平衡，於是開始情感的爭奪，開始排擠與欺負，希望藉由這種方式，讓自己得不到完全的愛這件事，在自己心裡稍微平衡一些。

阿嬤注意到女兒們的反常與偏激，但她卻說不出自己總下意識會對曉夜的爸爸好一點的真正原因。

於是她開始在物質方面滿足自己的女兒，對她們予取予求，只要開口，就算困難也要盡力滿足——大概也因為這種下意識的補償，讓女兒的人格變得越來越偏激，越來越扭曲，而當她意識到，已經到了無法彌補的地步。

信裡寫著對曉夜爸爸的虧欠，也寫著她為人母的失敗和不應該。

曉夜讀著這段不曾被他人訴說的父親身世之謎背後的故事，面對阿嬤心裡的掙扎和痛苦、對逝去兒子的無限思念，想起自己因村民的流言蜚語，而對她造成的各種不諒解，曉夜不禁悲從中來。

一滴滴淚水順著臉龐滑落，她擦了擦眼淚，努力壓抑不斷湧出的淚水，以顫抖的雙手，輕輕攤開了手中最後一張信紙。

信紙上寫的是最近的事情，阿嬤總是獨自前往桃樹林曾經存在的那片空地的理由：

阿嬤帶著錦囊，憑著記憶找到過去自己的兒子過世的地點。她在那個地方的周圍埋下了桃樹的種籽，看著它們發芽，直到長成小樹苗，一直懸在心上的思念終於落了地。

種下樹苗，希望它們能為桃源村帶來希望。

在這裡種下桃樹，除了悼念那與自己緣份短暫的兒子，也希望桃源村視為命脈的希望可以一直延續下去。

生命是會輪迴的，想必這裡總有一天也會再度長滿桃樹，除了讓桃源村恢復過往的朝氣，或許也能讓更多人學會珍惜。

信紙的最後以較小的字體寫了一些字：「老伴哪！原諒我沒有為你上香，原以為這樣你就會因為生氣早日來迎接我，很顯然，我又錯了一回。」

曉夜看著這張紙，她瞪大雙眼，不敢置信的讀了一遍又一遍。

「難怪最近村民們的記憶都逐漸恢復了。」她小心的將信紙摺好，收入信封。

她快步走回阿嬤的臥房，那裡多了幾個人，葬儀社的人已經前來處理相關事宜了。

曉夜將那幾封信輕輕放在情緒五味雜陳的爸爸身邊，她要他好好讀讀信上的內容，說信上有他苦思了大半輩子的事。

也不等爸爸回應，她便匆匆跑向玄關，套上了鞋，向過往曾是桃樹林的那片空地直奔而去。

終於到達目的地後，她眼前的景象讓她再度熱淚盈眶。

一棵棵小樹苗就那樣挺立在空地中央，雖然樹苗還很嬌小，但若能悉心照顧，將來肯定可以成長茁壯，只要細心培育，絕對可以再種出桃樹林，而它一定，一定能再度令人心醉神迷。

看著曉夜慌慌張張的舉動，不知道她怎麼了的父母親和阿珠也追著曉夜跑

了出來，三人看著曉夜眼前的小樹苗，無一不感到驚訝與感動。

而當曉夜轉述了信裡的內容，三人的眼眶更是同時盈滿了淚。

三人回到家裡，一起喝了杯茶後便各自散了會。

媽媽回到廚房繼續準備午餐，曉夜則打算回房溫書。而在上樓前，她透過父親書房半掩的門板，看見了父親抱著信紙，無聲哭著的背影。

因為阿珠，阿嬤過世的事，還有信裡提及的事，在村內快速傳開。

據說連阿嬤那群勢利的女兒們，聽見信件的內容都不禁紅了眼眶，也終於檢討起自己過去的不應該。

眾人紛紛到空地中央，他們的目的只有一個——親眼看看那些象徵新希望的小樹苗。

許多人見了樹苗不禁喜極而泣，村內甚至還為了慶祝桃樹林的可能重生而開了一場為期一星期的慶祝會。

最後，村民無一不同意曉夜家想將阿嬤的屍體葬在這些新生的桃樹下的提議。

他們認為那是她應得的待遇，倘若沒有她留下這些種籽，為村子種下新的希望，桃樹林和村民的記憶都將永遠消失。

望著樹苗，他們也頓時後悔起當年對阿嬤的所作所為。

然而人已經不在了，再多的對不起也傳不進她的耳裡。於是只能在最後的最後，以這種方式，好好補償這位女性。

「所以阿嬤的墳墓才會在那邊啊？」曉夜的孩子眨著大大的眼睛，看著曉夜。

「是啊！」曉夜淡淡笑著，回應了孩子的問題。

曉夜取出鑰匙，走進過去居住的屋內，收拾了物品。

「那，那個很討厭的叔叔後來怎麼了？」孩子微微歪頭，行為動作徹底表現了他的疑惑。

「道臨啊？他呢……」

知日靜默了幾秒，望了一眼正在收東西的曉夜。

「道臨他……在村民群起抗爭的時候，他正拿著電鋸瘋狂砍伐桃樹林裡最後一棵桃樹，在與村民拉扯之間，他沒有注意到桃樹即將被砍斷，村民已經躲開了，他還一直待在那棵樹旁邊……」曉夜回想起她跟知日在一旁看見的場景，正努力自記憶裡搜索當時事發的片段，好向兒子解說。

「然後，樹——倒——了。他被樹壓倒，受了重傷，送醫不治。」知日接著曉夜的話講，解答了兒子的疑惑。

「那你們當時哭了嗎？」孩子睜大了眼，望著自己的父母。

知日和曉夜聽見天真的兒子拋出的問題，兩人一時語塞。

「沒有。」曉夜苦笑回答。

「為什麼？」孩子眨著眼，等帶他們回應。

「……這就是為什麼我們時常告訴你『絕對不要做壞事』的原因喔！」知日和曉夜交換了一個眼神。

轉個角度，知日把原因解釋給兒子聽：「因為他以前做了一件大壞事，所以沒有人喜歡他。因為沒有人喜歡他，所以也沒有人會因為他死掉而為他感到哀傷。也因為這樣，所以爸爸和媽媽才沒有哭。如果，一個人連過世的時候都沒有人為他感到哀傷，是非常悲哀的一件事，對吧！」

「嗯！」孩子聽著知日的話語，他眨著大眼，似懂非懂的點了點頭。

一行人又走回桃樹林，他們再度燃起一支線香。

一家人在碑前鋪了塊布，席地而坐，向那塊墓碑說著剛剛回想起的事，回憶起年少記憶的曉夜和知日相視而笑。

孩子看著沉溺在幸福之中的兩人，突然開口，問了兩人一個問題：「爸爸最後，到底是怎麼說服媽媽跟自己結婚的啊？」知日愣了一下，看了一下身旁的曉夜，只見她也以同樣傻愣的神情望著兒子。

「……」兩人又互看了一眼，接著同時笑出了聲，搞得自己的孩子一頭霧水。

「你們在笑什麼啊？這個問題很好笑嗎？」孩子疑惑的歪頭，似乎打算打破砂鍋問到底。

「沒什麼，只是你為什麼想知道？」知日輕笑詢問兒子。

「因為剛剛那一瞬間，

雖然你們只是看著對方微笑，卻覺得你們好幸福……那樣的感覺好像不管在哪裡都很難看到，所以想知道為什麼。」孩子眨著眼，認真的把自己的想法告訴知日。

「這樣啊——我向妳媽求婚，是在大學的畢業典禮結束後。我跟她出了校園後，剛好路過大學校園外的一片酢漿草原。那個時候我問你媽是否還記得國中的事情，你媽媽點了點頭，我也不知哪來的勇氣，就突然向你媽求婚了。她嘴上直說我沒誠意，卻已經哭得幾乎說不出話。之後等我們兩個的工作穩定了，確定能為彼此負責，就這樣結婚了。說起來，我們之間也就只是那麼平平淡淡的，雖然沒有大風大浪，但卻十分幸福呢！」知日淺淺笑著，回答了兒子的問題。

「看吧！就跟你說你爸爸一點都不浪漫。不過，就像他說的，這樣平平淡淡的幸福才是最真的。記住喔！不是所有華美的東西才是最好的，也不是得不到的東西才是最珍貴的。平凡是世界上最真實的幸福，世上最珍貴的，則是自

己現在所擁有的一切。要學會珍惜身邊的一切，因為一切都得來不易。」曉夜輕笑，對兒子說。

見天色漸晚，一家子自地上起身，收拾了掃墓的工具，向阿嬤道別，準備離開桃樹林。

一家人在桃樹林裡漫步，知日和曉夜並肩走在一起，兩人看著跑在前面的兒子，知日牽著曉夜的手突然加了點力道。曉夜抬頭，疑惑的望著知日，在他的眼神裡，她似乎可以讀到什麼，她輕笑，點頭給了回應。

兩人很有默契的向自己的兒子跑去，然後一把將他擁入懷中。

孩子被自己的父母突如而來的舉動嚇得不知所措，他慌亂的尖叫、掙扎，這卻也同時逗得他的父母哈哈大笑。

一陣慌亂之中，他們將一個裝有桃樹種籽的小錦囊塞進他小小的手中。

孩子攤開握有錦囊的小手，他看看錦囊，又看看正衝著自己笑的父母，他回味著剛剛父母親說給自己聽的故事，臉龐上漾出一抹燦爛無比的笑容，相較

於千言萬語，他相信，這一定是自己所能給的父母最好答覆。

伴隨清風，桃花瓣片片飄落。淡淡的清香隨風傳遞，回頭看那樹下的碑，似乎有個人正在那裡對他們笑。

伴隨著時光流逝，有些東西會消失，有些則否。有形的物品終有壞滅的一天，但是無形的情感與信仰卻能一直延續下去。

就像月有陰晴圓缺，人有悲歡離合，雖然沒有什麼是永恆的，但只要相信心中的一點希望之光，珍惜身邊發生的點點滴滴，就一定能自黑暗走向光明，許自己一個幸福的未來。

培育文化

光陰的故事系列 11

阿嬤的祕密抽屜

作者　余敏維
責任編輯　禹金華
美術編輯　蕭佩玲
封面設計　蕭佩玲

出版者　培育文化事業有限公司
信箱　yungjiuh@ms.45.hinet.net
地址　新北市汐止區大同路三段一九四號九樓之一
電話　（02）8647-3663
傳真　（02）8674-3660
劃撥帳號　18669219
CVS代理　美璟文化有限公司
TEL／(02)27239968
FAX／(02)27239668

總經銷：永續圖書有限公司
永續圖書線上購物網
www.foreverbooks.com.tw

法律顧問　方圓法律事務所　涂成樞律師
出版日期　2012年8月

國家圖書館出版品預行編目資料

阿嬤的祕密抽屜 / 余敏維著. -- 初版.
-- 新北市 : 培育文化, 民101.08
面 ;　公分. -- (光陰的故事 ; 11)
ISBN 978-986-6439-83-4(平裝)

859.6　　101011554

※為保障您的權益，每一項資料請務必確實填寫，謝謝！

姓名		性別	□男 □女
生日	年 月 日	年齡	
住宅地址	郵遞區號□□□		
行動電話		E-mail	

學歷

□國小 □國中 □高中、高職 □專科、大學以上 □其他______

職業

□學生 □軍 □公 □教 □工 □商 □金融業
□資訊業 □服務業 □傳播業 □出版業 □自由業 □其他______

謝謝您購買本書，也請您與我們一起分享讀完本書後的心得。
務必留下您的基本資料，我們將會提供您新書資料及不定期購書優惠，也歡迎您加入永續圖書線上購物網會員，並享有購書會員價等優惠，也請您繼續給予支持及鼓勵！

●請針對下列各項目為本書打分數，由高至低5～1分。

	5 4 3 2 1		5 4 3 2 1
1. 內容題材	□□□□□	2. 編排設計	□□□□□
3. 封面設計	□□□□□	4. 文字品質	□□□□□
5. 圖片品質	□□□□□	6. 裝訂印刷	□□□□□

●您購買此書的地點及店名______

●您為何會購買本書？

□被文案吸引 □喜歡封面設計 □親友推薦 □喜歡作者
□網站介紹 □其他______

●您認為什麼因素會影響您購買書籍的慾望？

□價格，並且合理定價是______ □內容文字有足夠吸引力
□作者的知名度 □是否為暢銷書籍 □封面設計、插、漫畫

●請寫下您對編輯部的期望及意見：

★請沿此線剪下傳真、掃描或寄回，謝謝您的寶貴的意見！

2 2 1 - 0 3

新北市汐止區大同路三段194號9樓之1

FAX：（02）8647-3660

E-mail：yungjiuh@ms45.hinet.net

廣　告　回　信
基隆郵局登記證
基隆廣字第200132號

培育

文化事業有限公司

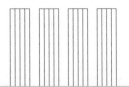

讀者專用回函

阿嬤的祕密抽屜

培 養 文 化 育 智 心 靈 的 好 選 擇